關於愛情

契訶夫小說新選新譯

【修訂版】

櫻桃園文化

國家圖書館出版品預行編目（CIP）資料

關於愛情：契訶夫小說新選新譯（修訂版）/ 安東．契訶夫（Anton Chekhov）著 ; 丘光 譯 . -- 二版 . --
臺北市 : 櫻桃園文化 , 2024.10
256 面 ; 14.5x20.5 公分 . -- (經典文學 ; 8R)
譯自 : О любви. Избранные рассказы
ISBN 978-626-98359-0-4 (平裝)

880.57　　　　113014367

經典文學 8R
關於愛情：契訶夫小說新選新譯【修訂版】
Антон П. Чехов. О любви. Избранные рассказы

作者：安東．契訶夫（Anton P. Chekhov）
譯者：丘光
導讀：熊宗慧
責任編輯：丘光
編輯助理：陳宛平、詹靜宜
校對：熊宗慧
版面設計（封面及內頁）：丘光
出版者：櫻桃園文化出版有限公司
地址：116 台北市文山區試院路 154 巷 3 弄 1 號 2 樓
電子郵件：vspress.tw@gmail.com

印製：世和印製企業有限公司

總經銷：遠足文化事業股份有限公司
地址：231 新北市新店區民權路 108-2 號 9 樓
電話：02-22181417　傳真：02-86671891

出版日期：2015 年 11 月 2 日初版
　　　　　2024 年 10 月 4 日二版 1 刷（тираж 1 тыс. экз.）
定價：360 元

本書譯自俄文版契訶夫作品與書信全集：Антон П. Чехов. Полное собрание сочинений и писем в 30-ти томах, Издательство: Наука. Москва, 1984

關於愛情

契訶夫小說新選新譯

【修訂版】

О любви. Избранные рассказы

Антон П. Чехов

安東・契訶夫 著

丘光 譯　　熊宗慧 導讀

評價讚譽

您的禮物（編按：指一九一七年五月收到友人埃里亞斯博格致贈剛出版的《關於愛情》小說集德譯本，其中包括〈關於愛情〉、〈吻〉、〈阿嘉菲雅〉、〈帶閣樓的房子〉、〈某某小姐的故事〉、〈薇若琪卡〉、〈帶小狗的女士〉等作品）真讓我高興，我真感謝又可以欣賞這個深入心靈、沒有多餘調料的健康又美味的藝術品——之所以特別優異，是因為它不理會或沒有表面的尖銳問題（這問題與其說是「道德」，不如說是美德）……

——托瑪斯・曼

契訶夫的故事現在跟當年寫出時一樣教人讚嘆（且必要）……不僅是他寫出大量的故事，而是令人欽佩地屢屢創造出傑作，那些故事使我們悔悟，也讓我們歡喜又感動，而且把我們的情感表露出來，唯有透過真正的藝術才能達得到。

——瑞蒙・卡佛

在十九世紀末二十世紀初的作家中，我最讚賞契訶夫。他把一種新的東西，某種與古典概念對立的戲劇性帶到文學中……

——**詹姆斯・喬伊斯**

他（契訶夫）是人際關係最微妙精巧的分析者……當我們讀到這些沒有結論的小故事時，眼界卻開闊了，心靈獲得了一種令人驚異的自由感。

——**維吉妮亞・吳爾芙**

什麼作家影響年輕時的我？契訶夫！影響劇作家的我？契訶夫！影響小說家的我？契訶夫！

——**田納西・威廉斯**

契訶夫是無與倫比的藝術家……生活的藝術家。他作品的優點在於，看得懂，不只是每個俄國人，而是普遍任何一個人都覺得親切。……他是個真誠的作家，可以一讀再讀好幾次。

——**列夫・托爾斯泰**

契訶夫是對未來大為樂觀的人，我剛好就看到了這點。他精力充沛、活力無限且心懷信任地描繪我們俄羅斯生活的美好未來。

——**康斯坦丁・斯坦尼斯拉夫斯基**

無須特別耀眼的文學技巧，無須特別憂煩文句的精雕細琢，也可以成為完美的藝術家——契訶夫就是個好範例。

——**弗拉基米爾・納博科夫**

一股暗霧似的憂傷漫在俄羅斯生活的平坦原野上。要有多少真正的天分和活躍的想像，才能像契訶夫這般用灰色的顏料在灰色的背景上描繪；既沒有一點喧鬧的聲調，也沒有一絲庸俗的筆觸。……這位重要的天才默默謙虛地發掘出一個個尚未開發的角落，持續推動俄羅斯文學向前行。閱讀契訶夫，你會感覺身處在真正藝術的懷抱裡。

——**阿基姆・沃連斯基**

（編按：此評價乃針對契訶夫「小型三部曲」——〈套中人〉、〈醋栗〉、〈關於愛情〉）

目次

美人 11
看戲之後 29
在別墅 37
泥淖 49
尼諾琪卡（愛情故事） 85
大瓦洛佳與小瓦洛佳 95
不幸 119
關於愛情 143
帶閣樓的房子（藝術家的故事） 161
情繫低音大提琴 197

【導讀】契訶夫小說中的幾種愛情 文／熊宗慧 211
【譯後記】關於愛情，契訶夫要說的是 文／丘光 231
【契訶夫年表】編輯、圖說／丘光 237

美人[1]

[1] 本篇原作發表於一八八八年九月二十一日的《新時代報》，作者署名「安·契訶夫」。——俄文版編注與譯注（以下注釋除特別標示外，皆為譯注）

1

記得在我還是五、六年級中學生[1]的時候，我跟爺爺從頓河州的大克列普卡亞村[2]乘車到頓河畔羅斯托夫市[3]。那時是八月天，酷熱，惱人的煩悶。由於高溫，加上又乾又燙的風驅趕著團團沙塵吹向我們，眼睛都睜不開，嘴巴發乾，不想看風景，不想說

---

[1] 依當時俄國學制，此時的年紀大約十六、七歲。

[2] 大克列普卡亞村（Bolshaya Krepkaya），離作家安東．契訶夫的出生地塔干羅格市（Taganrog）約七十多公里。契訶夫的爺爺葉戈爾（Egor Mikhaylovich, 1801-1879）好學能幹，於一八四一年幫全家贖身脫離農奴身分，三年後遷居至此為普拉托夫伯爵工作，這裡也是契訶夫長兄亞歷山大的出生地。契訶夫給中學同學約爾丹諾夫的信中（一八九八年）提到年少時往來爺爺家這段路途的回憶：「這是一個奇幻的地區。我愛頓涅茨草原，我覺得從前在那裡就像是在家裡一樣，我知道那邊的每座小山谷。當我回憶起這些小山谷……我就感到憂愁，並且遺憾塔干羅格沒有小說家，沒有人需要這些非常動人又珍貴的材料。」

[3] 頓河畔羅斯托夫市（Rostov-na-Donu）位於頓河出海口附近的南俄大城，建立於一七四九年。

話，也不想思考，瞌睡連連的馬車夫，那個羽冠頭烏克蘭人[1]卡爾波，他對馬兒揮鞭的同時，也打著了我的制帽，我沒抗議，沒吭一聲，我從睡意朦朧中清醒過來，只是沮喪又溫順地看看遠方想：還沒看見沙塵後面的村莊嗎？我們來到了一座龐大的亞美尼亞村莊巴赫奇－薩雷[2]，停在一個爺爺熟識的亞美尼亞有錢人家餵馬。我這輩子從來沒見過比這位亞美尼亞人還要滑稽的人。你們想像一下，在那顆小小的剃著短髮的頭上，有一對低垂的濃眉、鷹勾鼻、長長的灰白小鬍子，還有一張闊嘴叼著一枝長長的櫻桃木菸袋桿；這顆小頭和他那乾瘦駝背的身軀接合得頗失敗，身上的服裝很奇特：一件過短的紅色外套，下面套著寬大的亮藍色燈籠褲；這個人走起路來，雙腳外八，鞋子磨得沙沙響，說起話來，也不拿下菸袋桿，維持著亞美尼亞人獨有的尊嚴：面無笑容，瞪大眼珠，盡可能地不去注意來訪的客人。

---

[1] 原文用羽冠頭（khokhol）來指小俄羅斯人，即烏克蘭人，是一種玩笑、輕蔑的稱呼，源自古時烏克蘭哥薩克男子髮型——頭頂周圍剃光僅留中央一撮毛髮，有如鳥類的羽冠。本篇他處皆簡譯為烏克蘭人。

[2] 巴赫奇－薩雷（Bakhchi-Saly），指大薩雷（Bolshiye Saly），建於一七七九年，克里米亞薩雷村的亞美尼亞人奉葉卡捷琳娜二世女皇之命遷居至此；現屬羅斯托夫州。

在亞美尼亞人的房屋裡，既沒風也沒沙塵，但還是一樣不舒服，又悶又煩，像在草原和馬路上一樣。我記得，滿身沙塵又熱得疲憊不堪的我，坐在角落的一口綠色箱子上。沒上漆的木牆、家具和染成紅褐色的地板，散出一種被太陽烤熱的乾燥木材氣味。放眼望去，到處都是蒼蠅，蒼蠅，蒼蠅……爺爺和亞美尼亞人低聲談論著放牧家畜、牧場和綿羊……我知道備好茶炊[3]要一整個鐘頭，爺爺喝起茶來少不了又一個鐘頭，然後會躺下睡覺，睡上兩三個鐘頭，我一天有四分之一都耗在等待上，剩下的就是一再的炎熱、沙塵和顛簸的路途。我聽到兩個含糊不清的說話聲，我開始覺得，亞美尼亞人、餐具櫃、蒼蠅和烈日曝晒的窗戶，這些讓我看了好久好久，而且要在非常遙遠的未來以後才不用再看他們，因此我對草原、太陽、蒼蠅滿是痛恨……

一位包頭巾的烏克蘭女人，端著托盤和餐具進來，然後端來茶炊。亞美尼亞人不慌不忙地到前廳大喊一聲：

「瑪什雅！過來倒茶！妳在哪裡？瑪什雅！」

傳來一陣急促的腳步聲，房間進來一位大約十六歲的女孩子，身穿普通印花布連

---

[3] 茶炊（samovar），一種俄式煮水壺。

衣裙，頭綁白色小方巾。她背對我站著，清洗餐具，倒茶，我只注意到她的腰很細，光著腳，而那雙小巧赤裸的腳後跟被放得很低的褲管給遮住了。

主人請我喝茶。一坐上桌，我看了一眼端給我茶杯的女孩的臉龐，我忽然感覺到，好像有陣風拂過我心底，而且把白天心裡面所有煩悶又滿是灰塵的印象一掃而空。我見到一個絕美臉龐的迷人輪廓，如真又似夢。我面前站的是一位美人，這就像閃電劃過我眼前，我一眼就看出來。

我願發誓，瑪莎，或者像她父親稱呼的瑪什雅，是個真正的美人，但我沒法證明這點。有時候，天邊的雲朵雜亂堆疊，太陽躲在雲後，把它們染了色，天空變得色彩繽紛：從深紅、橙黃、金黃、淡紫到暗粉紅色；有一朵雲像修道士，另一朵像魚，又一朵像纏著頭巾的土耳其人。霞光籠罩了三分之一的天空，閃耀在教堂的十字架和民宅人家的玻璃窗上，倒映在河流和水窪上，顫動在樹林枝椏間；遠方在晚霞的陪襯下，飛過一群不知去哪過夜的野鴨……而趕著母牛的牧童、乘輕便馬車跋山涉水的土地測量員，以及散步中的先生們——所有人望著落日餘暉，人人都發現它漂亮得不得了，但誰也不知道、也說不出到底哪裡美。

不只我一個人發現到這位亞美尼亞女孩很美。我的爺爺是個八十歲的老先生，人很嚴厲，對女人和大自然的美一向都很冷漠，卻溫柔地望著瑪莎整整一分鐘，並問：

「阿維特．納扎雷奇，這是您的女兒嗎？」

「女兒。這是女兒……」主人回答。

「漂亮的姑娘。」爺爺稱讚。

亞美尼亞女孩的美會被藝術家稱作是古典嚴謹式的。這正是那種美，一種直覺的美，天曉得打哪來的，使您確信您所看到的容貌是端莊的，從頭髮、眼睛、鼻子、嘴巴、頸子、胸部到年輕軀體的所有動作，都融為一個完整諧調的和音，在其中大自然不會弄錯一點最細微的特徵。您也不知道為什麼總覺得，一個完美的美女應該有的，正是像瑪莎這種鼻梁微拱的直挺鼻子，這種大大的黑眼珠，這種長睫毛，這種慵懶的眼神，還覺得她的烏黑捲髮和眉毛這麼搭那額頭頸子的溫潤白皙，就像是青綠的蘆葦配上靜謐的小溪；瑪莎的白皙頸子和她那幼小的胸部尚未發育完全，但要能夠雕塑它們，您似乎該要擁有無比的創作天賦。您看著，會漸漸冒出一個願望，要對瑪莎說點什麼不同凡響、愉快、更真誠且優美的話，才配得上她本身的那股優美。

起先我感到難過又羞愧，瑪莎一點都不注意我，總是看著下方，有某種特別的氣氛，我覺得是幸福和驕傲的氣氛，把她和我區隔開，並刻意把我的目光給遮住。

「這是因為，」我想，「我滿身沙塵，曬得發黑，也因為我還是個小男孩。」但之後我漸漸渾然忘我，整個人順從了美的感受。我已經記不得草原的煩悶、沙塵，聽不到蒼蠅的嗡嗡聲，吃不出茶的滋味，只感覺到，隔著桌子站在我對面的是一位美麗的女孩。

我感受到的美有點怪異。瑪莎在我心裡激起的，不是渴望，不是興奮，也不是喜悅，而是沉重但也愉快的憂愁。這憂愁是模糊不清的，像在作夢。我莫名同情起自己、爺爺、亞美尼亞人和那亞美尼亞女孩，我有這種感覺，彷彿我們四人都喪失了某種生活上的重要必需品，一種我們再也找不到的東西。爺爺也感到有點愁悶。他已經不再談牧場和綿羊，而是默不作聲，若有所思地瞧著瑪莎。

喝完茶後，爺爺躺下睡覺，我走到屋外坐在台階上。這棟房子像所有巴赫奇一薩雷的房子一樣，位在向陽處；沒樹，沒棚，沒有一點遮蔭的地方。亞美尼亞人的大院子長滿了濱藜和錦葵，儘管天氣酷熱，還是生氣盎然，滿是快活。有一道不高的籬笆橫斷整個大院子，其中一段後面是給打穀用的。打穀場正中央有一根插入地面的木樁，周圍一排套好的馬匹，形成一個長的半徑範圍給十二匹馬走動。旁邊有一個穿長背心、寬燈籠褲的烏克蘭人，抽著鞭子啪啪作響，高聲喊叫，他那種聲調彷彿想要逗弄馬兒，還吹噓自己主宰著牠們：

「啊喝，該死的東西！啊喝……對你們太好了！怕了吧？」

那些棗紅色、白色和花斑色的馬兒，不明白為什麼要強迫牠們原地打轉，壓揉麥稈，牠們不想動，似乎使不上力，抱怨地搖搖尾巴。風從牠們的腳蹄下揚起一大團金黃色的麥糠，把它們吹向籬笆外的遠方。在堆高的新鮮草垛附近，拿耙子的村婦不慌不忙地耙草，大馬車來來去去，草垛外的另一個庭院裡，在木樁周圍有另外一隊十二匹那樣的馬，也有那樣的烏克蘭人抽著鞭子啪啪作響嘲弄著馬兒。

我坐的那個台階很熱；在不牢靠的欄杆和窗框上，有些地方熱到滲出了樹脂；在階梯下和護窗板下留了一點遮蔭的地方，有一些紅色的小蟲子彼此緊靠在一起。太陽把我的頭、胸和後背烤得火熱，但我沒留意這些，只感覺到在我身後的前廳和房間裡，踏在木地板上咚咚響的光腳丫。收拾完茶具之後，瑪什雅跑過階梯，像一陣風吹過我身上，然後又像隻鳥似的，飛到一間不大的燻黑的邊屋去，應該是廚房，從那裡飄來一股烤羊肉的味道，傳來生氣的亞美尼亞人說話聲。她消失在那扇灰暗的門裡，代替她出現在門檻上的是一位駝背的亞美尼亞老女人，她有張紅臉，穿著綠色燈籠褲。老太太發著脾氣在罵人。一會兒之後，在門檻上出現了瑪什雅，她的臉因為廚房的悶熱而發紅，肩膀上扛著一塊大大的黑麵包；在麵包的重量之下她美妙地曲著身體，跑過院子到打穀場去，鑽過籬笆，潛入金黃色的團團麥糠裡，隱沒在大馬車後面。驅趕著馬匹的烏克蘭人，放下鞭子，嘴巴停了下來，默默朝大馬車的方向望去，然後，亞美尼亞女孩又閃現在馬匹附近，並穿越籬笆過去，他一路目送著她，心裡好像非常惆悵，口氣很糟地對馬兒大喊一聲：

「啊，你們去死吧，妖魔鬼怪！」

接下來我一直不斷聽到她那赤裸的腳步聲，還看到她一臉嚴肅又煩惱的表情在院子裡忙來忙去。她一下子跑過階梯，給我颳來一陣風，一下子跑去廚房，一下子到打穀場，一下子到大門外，我幾乎來不及把頭轉來轉去盯著她。

她越是常在我面前晃過自己的美麗，我的憂愁就越是厲害。我可憐我自己，可憐她，也可憐那個烏克蘭人，每當她跑過金黃色的團團麥糠到大馬車時，他都會憂愁地目送著她。我有沒有嫉妒過她的美？或是我可惜這個女孩不屬於我，而且永遠不會屬於我，我對她來說是外人？或是我模糊地感覺到，她稀有的美麗是一種偶然，是不必要的，像人世間的一切都不會恆久？也或許，我的憂愁是因為觀察到真正的美而激發出的特別感受？上帝才知道吧！

三個鐘頭的等待不知不覺過去了。我覺得我沒能把瑪莎好好看個夠，卡爾波就駕車去河邊給馬洗過澡，已經開始套馬了。溼溼的馬兒滿足得鼻子發出噗哧聲響，用蹄子踢著車轅。卡爾波對牠大喊「走開！」。爺爺睡醒了。瑪什雅為我們嘎吱作響地打開大門，我們坐到平板大車上，從院子開出去。我們默默前行，似乎彼此在生對方的氣。差不多過了兩三個鐘頭，遠遠看到羅斯托夫[1]和納希切萬[2]，始終沉默的卡爾波，

[1] 這裡指頓河畔羅斯托夫市，另有一羅斯托夫市位於莫斯科東北方。

[2] 這裡指頓河畔納希切萬（Nakhichevan-na-Donu），位於頓河右岸的城市，北距大薩雷村二十多公里，當時的一個亞美尼亞人聚落，建於一七七九年，克里米半島的亞美尼亞人奉葉卡捷琳娜二世女皇之命遷居至此；一九二八年該地併入頓河畔羅斯托夫市。

迅速回頭望一眼說：

「亞美尼亞人家的女孩真可愛呀！」

然後他對馬兒抽了一鞭。

2

另外一次，我已經成了大學生，我搭火車去南方。當時是五月天。在其中的一個車站，好像是在別爾哥羅德[1]和哈爾科夫[2]之間，我走出車廂到月台上轉轉。

夜幕已低垂在車站的小花園、月台和田野上；火車站建築本身遮蔽了晚霞，但是從火車頭飄出的最上端一股煙還染著柔和的粉紅色澤看來，太陽還沒完全落下山去。

我在月台上走一走，發現大多數出來散步的旅客都只在一個二等車廂附近徘徊或站著，而且臉上帶有一種表情，彷彿在那節車廂裡坐著某位知名人物。在這節車廂附近我所遇到的好奇圍觀者裡，其中也包括我的旅行同伴，他是一位炮兵軍官，聰明、和善又親切的小夥子，就像我們會在路上偶遇但相識沒多久又分手的人一樣。

「您在這裡看什麼？」我問。

---

[1] 別爾哥羅德（Belgorod），歐俄中部城市，南距烏克蘭邊境四十公里。

[2] 哈爾科夫（Kharkov），位於烏克蘭東北的大城。

他什麼也沒回答，只用眼睛指向一位女人的身影給我看。這是一個還很年輕的女孩，大約十七、八歲，一身俄羅斯服裝打扮，頭上沒綁頭巾，披肩隨意披在一邊肩上，她不是乘客，應該是站長的女兒或妹妹。她站在車廂的窗戶旁，跟某個上了年紀的女乘客聊天。在我還沒搞清楚我看到什麼之前，忽然有一種感覺向我襲來，這是我在亞美尼亞村莊裡曾感受過的。

這女孩是個出色的美人，這點絕對不會被我，或被那些跟我一起看著她的群眾所懷疑。

假如照平常那樣細細描繪她每個部分的樣貌，那麼確實完美的就只有她那金色波浪狀的濃密頭髮，髮絲披散而下，只用一條黑色髮帶繫住，其他的一切，要嘛是不太對勁，不然就是非常普通。不知道是不是故作姿態而賣弄風情，還是因為近視的關係，她的眼睛都是瞇著，鼻子有點要翹又不翹的，嘴巴小，側面輪廓沒特色，勾勒起來沒力道，肩膀窄小得不符年紀，儘管如此，這女孩卻給了我們一個真正美女的印象，還有，看著她，我深信俄羅斯人的面孔看起來要完美的話，是不需要嚴謹端正的輪廓，況且，甚至要是把女孩上翹的鼻子換成其他直挺的，或整形過毫無瑕疵的，就像亞美尼亞女人那樣，那麼，似乎她這張新臉孔也就喪失了所有原本自己的美妙魅力。

女孩站在窗旁聊天，由於夜晚的溼氣而瑟縮著身子，不時望向我們，一下子兩手插腰，一下子又抬起手來整理頭髮，她說說笑笑，臉上的表情時而驚訝時而害怕，我不記得她的臉和全身上下有哪一刻是安靜的。她美麗的祕密和魔力全在於這些細微、沒完沒了的優雅動作裡，在微笑中，在臉上的表情變化中，在匆匆瞥向我們的眼神中，在這些動作的細膩優美之中，並配上年輕、清新，以及談笑聲中流露出的純潔心靈，還配上一股柔弱感，像是我們在孩童、鳥兒、小鹿或新生樹苗上所憐愛的那種特質。

這是一種小蝶兒般的美，華爾滋、花園裡的翩翩飛舞和歡笑都就這麼你拍我合著，而這卻是跟嚴肅思想、悲傷與平和不太搭調的美；而似乎只要來一陣夠大的風掠過月台，或下一場雨，讓脆弱的身軀驟然凋萎，這任性無常的美就會像花粉般散落而去。

「是啊……」在第二聲鈴響我們走回自己車廂的時候，軍官嘆一口氣含糊地說。

而這一聲「是啊」意味著什麼，我不願去評斷。

或許，他很憂愁，不想離開這美人和這春天的夜晚，回到滯悶的車廂，也或許，他像我一樣，不知不覺同情起這美人，同情他自己和我，以及所有沒精打采又不情願慢慢步回自己車廂的乘客。軍官行經車站建築的窗戶時，窗內的機器設備旁坐著一位臉色蒼白的紅髮電報員，一頭蓬高的捲髮，顴骨突出的臉龐，我的旅伴嘆一口氣說：

「我打賭，這個電報員愛上了這位漂亮女孩。在荒郊野外跟這樣一位上天的創造物待在同一個屋簷底下而不愛上她——這是超乎人類的力量。多麼不幸哪，我的朋友，看這多麼可笑，這麼一個有點駝背、蓬頭亂髮、乏味、不壞又不笨的人，也愛上了這位漂亮又傻氣的女孩，可她對您卻完全沒留意！或者更糟糕：想想看，這個電報員愛上了她，但同時他卻已經結了婚，他老婆也是像他這樣有點駝背、蓬頭亂髮、人不壞……真是折磨呀！」

在我們車廂附近站著一位列車長，胳膊靠在月台的圍欄上，也朝美人站的那個方向瞧著，他那張憔悴、皮膚鬆弛、飽足得令人不快、苦於夜夜失眠和車廂顛簸而疲憊的臉龐，流露出感動和至深的憂愁，彷彿他在女孩的身上看見了自己的青春、幸福，也看見了自己的清醒、潔身自好、妻子孩兒，又彷彿他懊悔了，全身上下都感覺得出這個女孩不屬於他，而對於他這個早衰、笨拙且一臉油膩的人來說，要達到一般人或乘客所想望的幸福，是那麼遙不可及，好像遠在天邊。

敲了第三聲鈴響，哨音響起，火車懶懶地起動了。在我們的窗前，先是閃現列車長、站長，然後是花園，以及那位臉上帶著一抹美妙、小孩調皮的微笑的美人……

我頭伸出去往後張望，我看到她目送火車離去，然後她在月台上走一走，經過電報員工作的窗戶，理一理自己的頭髮，便跑去花園。車站已不再遮住西方，田野顯得開闊許多，但太陽已經落下，縷縷黑煙瀰漫在青綠茸茸的秋播田地上。一股憂愁散落在這個春天的空氣中，在黯淡了的天空中，在車廂裡。

我們熟悉的列車長走進車廂，開始點亮蠟燭。

看戲之後[1]

[1] 本篇原作發表於一八九二年四月七日的《彼得堡報》，原題：「歡喜」，作者署名「安東·契訶夫」；此作可能是契訶夫在一八八〇年代末期未完成的長篇小說其中一部分，另外兩篇契訶夫生前未發表的〈1在澤連寧家〉、〈3信〉，由於體裁、內容、書信形式、人物等相關性，也被認為是此長篇小說計畫的一部分。——俄文版編注

娜佳．澤連妮娜跟媽媽從劇院看完《葉夫根尼．奧涅金》[1]回家，一進自己房間，很快脫下外衣，鬆開髮辮，身穿著一條裙子和一件白短衫就急忙坐到桌前，為了要寫一封像塔吉雅娜[2]寫的那種情書。

「我愛您，」她寫，「但是您不愛我，不愛我！」

她寫完笑了笑。

她才十六歲，也還沒愛上誰。她知道軍官戈爾尼和大學生格魯茲杰夫都愛她，但現在看完歌劇之後，她很想懷疑他們的愛情。當個不被人愛又不幸的人——這會是多麼有趣啊！戀愛雙方其中一位愛得多一些而另一位冷漠的時候，這裡面就會有一種美麗、感人又詩意的東西。奧涅金有趣的地方是他完全不愛她，而塔吉雅娜迷人之處是

---

[1] 這是俄國詩人普希金（A. S. Pushkin, 1799-1837）最重要的作品，這裡指柴可夫斯基（P. I. Tchaikovsky, 1840-1893）一八七八年完成的歌劇，劇本由演員施洛夫斯基（K. S. Shilovsky, 1849-1893）改編自普希金的同名作品；葉夫根尼．奧涅金是男主角的姓名。契訶夫本人非常喜愛這齣歌劇。

[2] 塔吉雅娜是《葉夫根尼．奧涅金》中的女主角，她愛上奧涅金，寫了一封純真又大膽的情書向奧涅金表白愛意：「天意如此：我是你的……我的命運從此託付給你……」，結果卻遭到對方拒絕。

因為她非常愛他，假如他們彼此同樣地相愛，幸福美滿，那麼，大概就會很無趣了。

「就別再向我保證您愛我了，」娜佳想著軍官戈爾尼，繼續寫信。「我不會再相信您。您是非常聰明、有教養又認真的人，您的天賦高大，或許，一片燦爛前程等待著您，而我只是個無趣又渺小的女孩，您自己也知道，我在您的人生中只會礙事。沒錯，您迷戀著我，還以為遇見了理想的伴侶，但這是個錯誤，您現在就已經絕望地自問：『為什麼我要遇見這個女孩？』只不過是您的善良妨礙您承認這點罷了！……」

娜佳開始同情自己，她哭了起來，又繼續寫下去：

「我很難丟下媽媽和弟弟不管，不然我早就穿上修女袍離開，能走多遠就走多遠。而您就自由了，可以去愛別人。啊，要是我死掉就好了！」

淌著眼淚沒辦法看清楚寫的東西：桌上、地板和天花板，都閃耀著轉瞬即逝的彩虹，娜佳彷彿是透過三稜鏡去觀看這一切。她沒辦法再寫了，往後倒向椅背，開始思念戈爾尼。

我的上帝啊，這些男人真是有趣，真是可愛呀！娜佳回想起，每當有人跟軍官爭論起音樂，他的談吐多麼美好、討喜、謙虛又柔和，這時他會努力克制自己，好讓語氣別太激動。在社交上，冷淡的高傲和漠不關心，被認為是良好教養和高尚品格的表現，因此要隱藏自己的熱情。他也有隱藏，但沒做好，所以他酷愛音樂大家都一清二楚。對音樂沒完沒了的爭論，以及外行人的大膽批判，搞得他一直情緒緊張，他嚇到了，人變得膽怯不愛說話。他鋼琴彈得極為出色，像個真正的鋼琴家，假如他不當軍官的話，那他大概會是一位著名的音樂家。

眼睛上的淚水都乾了。娜佳回想起，戈爾尼有一次在交響樂音樂會上向她表白愛意，隨後在樓下的寄衣間附近再度向她告白，那時候四面八方吹著穿堂風。

「我非常高興您還是認識了大學生格魯茲杰夫，」她繼續寫。「他是非常聰明的人，想必您會喜歡他。昨天他來我們家，一直待到兩點。我們全都興高采烈，我還遺憾您沒過來找我們。他說了許多精彩的故事。」

娜佳雙手擱在桌上，頭向前低下，她的頭髮蓋住了信紙。她想起，大學生格魯茲杰夫也愛她，因此他也該擁有像戈爾尼一樣的權利得到我的信。的確，給格魯茲杰夫寫封信不是更好嗎？她的內心無緣無故冒起一陣歡喜：剛開始歡喜小小的，橡皮球似的在心底滾動，之後它變大又變高，並且像浪一樣湧出來。娜佳已經忘記戈爾尼和格魯茲杰夫，她的思緒混亂，而歡喜還是越脹越大，從心中湧出來到了手腳去，感覺似乎有一陣輕涼的微風吹拂著頭，髮絲也開始騷動了起來。她的肩膀由於默默憋著笑而抖動起來，連桌子、檯燈上的玻璃罩都在抖，眼睛淌出了淚水滴到信上。她無法停止這樣的悶笑，為了讓自己看起來不是沒來由地笑，於是她連忙想想有什麼好笑的事情。

「真是一隻可笑的貴賓狗！」她感覺悶笑得快憋不住了，脫口而出。「真是一隻可笑的貴賓狗！」

她回想起，昨天喝茶之後，格魯茲杰夫是怎麼跟貴賓狗瑪克辛鬧著玩，然後他還說了一個關於一隻非常聰明的貴賓狗的故事，說牠在庭院裡追一隻烏鴉，烏鴉卻回頭看牠一眼說：

「哎，你這騙子！」

不知道怎麼跟世故的烏鴉打交道的貴賓狗，非常難為情，困惑地倒退，然後才開始汪汪叫。

「不，我還是愛格魯茲杰夫好了。」娜佳決定了，並撕掉這封信。

她開始想念大學生，想著他的愛，想著自己的愛，但結果卻是——腦中的念頭散了開來，接著她想到一切：媽媽、街道、鉛筆、鋼琴……她歡喜地想著，以為一切都很好，很棒，而這份歡喜告訴她，不會只是這樣，再等一下子還會更好。很快就要春天、夏天，要跟媽媽去戈爾比基度夏，戈爾尼將會休假來訪，他會跟她在花園散步，討她歡心。格魯茲杰夫也會來訪，會跟她玩槌球、保齡球[1]，向她說一些好笑或驚奇的事情。花園、暗夜、乾淨的天空和星星，這一切她都想要得不得了。她的肩膀又再笑得抖動了起來，她感覺到，房間裡有苦蒿[2]的氣味，彷彿還有樹枝在敲打著窗戶。

她回到自己床鋪上，坐下來，她不知道自己該拿這麼多令人難受的歡喜怎麼辦，她看著掛在床頭靠背上的聖像畫說：

「主啊！主啊！主啊！」

---

[1] 這裡原文指九瓶保齡球（Kegel），在戶外草地上玩。

[2] 這是菊科蒿屬植物（Artemisia），在《聖經》的許多章節裡有提到苦蒿的象徵：苦楚、不忠、背叛、淫慾的苦果、上帝的懲罰等。

在別墅[1]

[1] 本篇原作發表於一八八六年的《鬧鐘》雜誌第二十期，作者署名「A·契洪特」。——俄文版編注

「我愛您。您是我的生命，我的幸福——是我的一切！請原諒我的告白，但我無力再承受痛苦，再也不能沉默了。我要的不是情感的回報，而是同情。今晚八點您要來舊亭子一趟……我認為具名是多餘的，但別被匿名嚇著了。我年輕，長得漂亮……您還想要什麼呢？」

別墅區[1]的度假客帕維爾．伊凡內奇．維霍德采夫，一個有家室的正派人，讀完這封信後聳聳肩，困惑不解地搔搔自己的額頭。

「什麼鬼東西？」他想。「我是結了婚的人，突然收到這麼奇怪……愚蠢的信！這是誰寫的呢？」

帕維爾．伊凡內奇把信拿在眼前翻來翻去，再讀了一遍，呸了一聲。

「『我愛您』……」他滑稽地模仿。「她是看上了什麼樣的傻小子啊！要我突然跑去亭子找妳！……我的老媽呀，我早就不搞這種戀愛把戲和什麼「愛情花」[2]了……唉！大概是哪個昏了頭的浪蕩女……嘿，這些女人啊！應該是那種，上帝原諒，風騷

[1] 俄國的城市人夏天會搬到城外鄉間的別墅度假，通常僅短期租用別墅區的房屋，對當地多半不熟悉。

[2] 原文用法文「fleurs d'amour」。——俄文版編注

女人，才會寫這種信給陌生人，還是給結了婚的男人！實在是道德敗壞呀！」

帕維爾．伊凡內奇在自己的婚姻生活整整八年內，對細膩的情感已經生疏了，除了祝賀信之外，他沒收過任何信件，因此，無論他怎麼努力裝出自然而然的威風模樣，剛才的那封信還是讓他窘迫又焦慮得不得了。

收信後過了一小時，他還躺在沙發上想：

「當然，我不是傻小子，不會跑去這個愚蠢的約會地點，不過還是很有興趣知道這是誰寫的。嗯……筆跡毫無疑問是女人的……信寫得真誠用心，所以這大概不會是開玩笑……或許，是哪個心理變態的女人或寡婦……寡婦總是輕浮又古怪。嗯，這會是誰呢？」

很難解決這個問題，尤其在整個別墅區裡，除了老婆之外，帕維爾．伊凡內奇沒有半個認識的女人。

「奇怪了……」他困惑不解。「『我愛您』……到底她什麼時候來得及愛上我？真是令人驚訝的女人！她就這麼無緣無故愛上了，甚至沒相識也不清楚我是個什麼樣的人……她應該還太年輕、浪漫，如果看個兩三眼就能相愛的話……不過……她是誰呢？」

突然間，帕維爾．伊凡內奇想起來，昨天和前天，他在別墅附近散步的時候，好幾次遇到一位年輕的金髮女子，身穿淺藍色連衣裙，鼻頭有點上翹。那位金髮女子不時看他一眼，當他坐到長椅上，她還往他身邊坐下……

「是她嗎？」維霍德采夫想。「不可能！難道這個蜉蝣般的嬌弱生命會愛上像我這種又老又乾癟的鰻魚嗎？不，這不可能！」

午餐的時候帕維爾．伊凡內奇眼神呆滯地望著妻子，沉思著：

「她寫：她年輕，長得漂亮……所以說，不是老太婆……嗯……真的，憑良心說，我還沒那麼老、那麼糟到人家不能愛上我……老婆也愛我呀！更何況，愛情沖昏頭──你連山羊也會愛[1]……」

「你在想什麼？」妻子問他。

「沒什麼……頭有點痛……」帕維爾．伊凡內奇撒了謊。

他覺得去關注情書這種小事情很愚蠢，要嘲笑情書和它的作者才對，但是──唉！

---

[1]　這兩句是俄國諺語，意為愛情使人盲；山羊通常指蠢而固執的人。

——人類的天敵很強大。午餐後，帕維爾．伊凡內奇躺在自己的床鋪上，他沒睡覺，而是在想：

「那要是她，或許希望我去呢！這就是傻瓜了！我想想看，她在亭子裡找不到我的時候，可真是會著急得連後腰墊[1]都直發抖呢！……我才不去……管她的！」

但是，我再說一次，人類的天敵很強大。

「不過，就只是，好奇過去一下……」過了半小時，這位別墅度假客心想。「過去遠遠看一下，到底是在搞什麼把戲……看一看會很有趣！就只是笑一笑！確實，如果時機恰當，為什麼不笑？」

帕維爾．伊凡內奇從床上起身，開始穿衣服。

「你打扮得這麼漂亮要去哪？」他的妻子看到他穿上乾淨的襯衫和時髦的領帶，問他。

---

[1] 後腰墊（法文 tournure），十九世紀末流行在女性裙裝內襯的後腰臀部附近安裝軟墊，讓下半身看起來有豐腴柔軟的感覺，行走起來婀娜多姿。契訶夫在另外一篇小說〈十年十五年後的婚姻〉（一八八五）中嘲諷過穿著這種裙子的女人坐下時得要有三張椅子，一張自己坐，另兩張則給後腰墊坐。

「沒什麼……想出去走走……頭有點痛……咳嗯……」

帕維爾．伊凡內奇打扮好，等到七點從家裡出去。他眼前一片灑滿日落陽光的淺綠背景上，浮現別墅區男男女女盛裝打扮的繽紛色彩，這時候他的心跳加速。

「是他們之中的哪位呢？」他想，靦腆地斜眼看看那些女人的臉龐。「但沒看到金髮女子……嗯……如果她寫了信，那麼，就該會在亭子裡待著……」

維霍德采夫步入小徑，在路的盡頭高大椴樹的新葉之間露出了「舊亭子」……他靜悄悄地放慢腳步過去……

「我就遠遠看一下，」他猶疑地向前移動，心裡想。「嘿，我在怕什麼？我可不是要去赴約會！這個……傻瓜！大膽點走吧！那要是我走進亭子又怎樣呢？好啦……不必了吧！」

帕維爾．伊凡內奇心跳得越來越厲害……他不由自主地突然想像到亭子裡的昏暗情景……在他的想像中，閃過一位身穿淺藍色連衣裙的苗條金髮女子，她的鼻頭有點上翹……他想像著，她因為自己表白了愛意而感到多麼害臊，渾身發抖，羞怯地靠近他，熱情地喘息著……突然間緊緊將他摟在懷裡。

「要是我沒結婚，這倒不算什麼……」他驅趕腦袋裡一些犯罪念頭，又想。「不過……一輩子不妨去體驗一次，不然你就這麼死了，還不知道這到底是搞什麼把戲……那老婆……唉，她會怎麼樣呢？感謝上帝，八年來我寸步不離守著她……無可指摘地服務了八年！對她來說也夠了……甚至想到就有氣……我打算就這麼做，我要用背叛來故意氣氣她！」

帕維爾．伊凡內奇渾身發抖，屏住氣息，走近爬滿長春藤和野葡萄的亭子，朝裡面看了看……他感到一股潮氣和霉味……

「好像沒人……」他走進亭子心裡想，隨即在角落看到一個人影……

這人影是個男人……帕維爾．伊凡內奇仔細看看他，認出這是他老婆的弟弟，住在他別墅裡的大學生米佳。

「啊，是你嗎？……」他語帶不滿地含糊說著，脫帽坐下。

「對，是我……」米佳回答。

兩個人差不多沉默了兩分鐘……

「對不起，帕維爾．伊凡內奇，」米佳開口，「我想請您讓我一個人留在這裡……

我正在構思學位論文……不管是誰在這裡都會打擾到我……」

「那你隨便去一個林蔭小徑吧……」帕維爾·伊凡內奇溫和地說。「在空氣好的戶外思緒會更好，而且……那個——我很想在這裡的長椅上睡一會兒……這裡沒那麼熱……」

「您是要睡覺，而我是要構思論文……」米佳發牢騷。「論文更重要……」

又陷入一陣沉默……已經被想像牽著走的帕維爾·伊凡內奇不時聽到腳步聲，他突然跳起來，語帶哭聲地說：

「好啦，我求你，米佳！你比我年輕，應該給我面子……我不舒服……想要睡覺……你走吧！」

「這太自私了……為什麼只有您才能在這裡，而我不行？基於原則我不走……」

「好啦，我求你！就當我是自私鬼、暴君、蠢蛋……但我求求你！這輩子就這一次求你！答應我吧！」

米佳搖搖頭……

「真是畜生……」帕維爾·伊凡內奇想。「有他在場可就約不成會了！有他在不行！」

「你聽我說，米佳，」他說，「我最後一次求你……讓我看看你是個聰明、厚道又有教養的人吧！」

「我不了解您是在糾纏什麼……」米佳聳聳肩。「我說過：我不走，哼，我就是不走。基於原則我要待在這裡……」

這時候突然有個鼻頭有點上翹的女性面孔朝亭子裡看了一看……

那人看見米佳和帕維爾．伊凡內奇，皺了皺眉頭就不見蹤影……

「她走了！」帕維爾．伊凡內奇想，憤恨地望著米佳。「她看見這個下流胚子就走了！一切都完了！」

維霍德采夫又等了一下子才站起來，戴上帽子說：

「你這畜生，下流胚子，惡棍！對！畜生！下流……又愚蠢！我們之間一切都完了！」

「非常樂意！」米佳也站起來戴上帽子，嘴裡埋怨。「您要知道，您剛剛對我做的這種下流把戲，我到死都不會原諒您！」

帕維爾．伊凡內奇走出亭子，氣得不得了，快步走回自己的別墅……連備好一桌的晚餐都沒辦法讓他平靜下來。

「一輩子才出現一次的機會，」他激動不安，「就這麼被毀了！現在她受了侮辱……一定絕望透了！」

晚餐的時候，帕維爾．伊凡內奇和米佳都盯著自己的盤子，鬱悶地不說話……這兩人彼此滿心痛恨。

「妳這是在笑什麼？」帕維爾．伊凡內奇突然問老婆。「只有那些傻女人才會沒事亂笑！」

妻子看一眼氣呼呼的丈夫，噗哧一笑……

「你今天早上是收到什麼信呀？」她問。

「我？……我沒收到什麼……」帕維爾．伊凡內奇覺得難為情。「妳胡想……亂想……」

「是嘛，那你說說看！坦白吧，說你收到信了！這信可是我送給你的呢！老實說，是我寫的！哈哈！」

帕維爾．伊凡內奇臉色漲紅，身體快彎到盤子上了。

「愚蠢的玩笑。」他埋怨。

「但還有什麼辦法！你自己想想看……我們今天本來該要洗地板，要怎麼把你們從家裡趕出去呢？你也只能用這種方法來趕……但你別生氣，傻瓜……為了不讓你在亭子裡覺得無聊，我也給米佳送了同樣一封信！米佳，你有去亭子嗎？」

米佳傻笑了一下，不再含恨看著自己的對手了。

泥淖[1]

[1] 本篇原作發表於一八八六年十月二十九日的《新時代報》，作者署名「安．契訶夫」。小說引起了諸多惡評，最著名的是女作家基謝柳娃（M. V. Kiselyova, 1847-1921）回應的：「您的文章我一點都不喜歡……我個人很遺憾，像您這類不乏天賦的作家，卻只讓我看到一片『糞堆』。……您眼界不淺，很有能力找得到珍珠——為什麼只給我糞堆？給我珍珠吧……或許，我最好默不作聲，但我忍不住想要罵您和您的那些卑鄙的編輯，他們這麼冷漠地毀掉您的天分。要是我當編輯——我為了您好，會刪掉您這篇文章……」契訶夫對此意見於一八八七年一月回覆她：「文學藝術之所以稱為藝術，正因為它刻畫生活的原本面貌。它的任務是——絕對誠實的真理。……我同意您所謂的『珍珠』是個好東西，但文學家可不是甜點師，也不是化妝師，更不是哄人開心的人；他負有責任，認清個人義務，憑良知而行……對化學家來說，土地中沒有不乾淨的東西。文學家應該就要像化學家這麼客觀；他該拋開生活的主觀性，該知道糞堆在這片景色中也占有重要的角色，惡的欲望也跟善的欲望一樣是生活中所固有的……」作家布寧（I. A. Bunin, 1870-1953）認為這篇是契訶夫最好的小說之一。——俄文版編注

1

一位上身雪白軍服的年輕人，騎著馬優雅地晃進了「羅特施坦繼承人」伏特加工廠的大院子。陽光無憂無慮地微笑，映在中尉肩章的小星星上、白樺樹的樹幹上，以及院子裡散落四處的一堆堆碎玻璃上。萬物披上了夏日明亮爽健的美，沒有任何東西會妨礙鮮嫩的花草樹木愉快地擺動，並且跟晴朗的藍天相互眨眨眼。甚至磚棚骯髒燻黑的外觀和雜醇油[1]令人窒息的臭味，都不會破壞整體的好心情。中尉愉快地跳下馬，把馬匹交給跑來迎接的人，然後用手指撫一撫自己嘴上又細又黑的短髭，便走進正門。在老舊但明亮柔軟的階梯最上層，一位看起來年紀不小而且有點傲慢的女僕出來迎接他。中尉默默遞給她名片。

女僕拿著名片往房間裡走，讀著上面寫的：「亞歷山大・格里戈里耶維奇・索科利斯基」。一會兒之後她回來告訴中尉，小姐沒辦法見他，因為她覺得不太舒服。索

---

[1] 製酒精的副產品，味道不好。

科利斯基望一望天花板，撅長了下嘴唇。

「很遺憾！」他說。「您聽我說，我親愛的，」他語氣強烈地說，「去跟蘇珊娜．莫伊謝耶芙娜說，我非常需要跟她談談。非常需要！我只耽擱她一分鐘就好。請她見諒。」

女僕聳聳一側的肩膀，不太情願地去找小姐。

「好！」稍後她回來嘆了口氣說。「請吧！」

中尉跟在她後面，經過了五六間裝潢奢華的大房間和走廊，最後不知不覺來到一間寬敞的方形房間，踏進那裡第一步，他就被大量的開花植物和有點甜又濃得讓人厭惡的茉莉花香給嚇了一大跳。花朵沿著牆面格架蔓延而去，遮住了窗戶，從天花板懸吊而下，纏繞在角落，因此這房間更像是溫室，而不像是給人住的地方。這裡有山雀、金絲雀和金翅雀幼鳥，吱吱喳喳地在花草間蹦蹦跳跳，碰撞玻璃窗。

「抱歉，我讓您在這裡會面！」中尉聽到一個嘹亮的女人嗓音，彈舌音發得不好，卻也不無可愛之處。「昨天我偏頭痛，不想今天再發作，因此我盡量少走動。您有什麼事嗎？」

在入口正對面有一張大的老人扶手椅，上面坐著一位女人，頭向後仰靠著枕頭，身穿昂貴的中國式居家長袍，一條毛料披巾包纏著頭，因此只能看到蒼白且末端尖銳的長鼻子和那微拱的鼻梁，還有一隻大大的黑眼睛。寬大的長袍遮掩了她的身高和體形，但是從白皙的漂亮手臂、聲音、鼻子和眼睛來看，她年紀至多不到二十六、二十八歲。

「抱歉，我這麼堅持……」中尉開口說，靴子的馬刺弄得叮噹響。「很榮幸向您自我介紹：索科利斯基！我來是受我的兄弟之託，也是您的鄰居，阿列克謝．伊凡諾維奇．克留科夫，他……」

「啊，我知道！」蘇珊娜．莫伊謝耶芙娜打斷他的話。「我認識克留科夫。您坐下，我不喜歡面前站了個這麼大的東西。」

「我的兄弟委託我向您請求幫忙，」中尉坐下來繼續說，靴子的馬刺又弄得叮噹響。「事情是這樣，您已故的父親在冬天時向我的兄弟買了燕麥，還欠他一筆不大的款項。票期不過就在一個星期之後，但是我兄弟懇請您，能否請您今天付清這筆債款？」

中尉說話時，還斜眼瞄著旁邊。

「我好像是來到臥室了？」他想。

在房間的其中一個角落，花草長得比其他地方更密更高，在一組粉紅色、實在很陰森的床帳下，擺了一張壓皺了的床鋪，床上還很凌亂。床那邊的兩張扶手椅上，堆滿揉皺了的女人衣服，其中有一些滾著花邊、皺褶的衣裙下襬和袖子，都垂到了地毯，地上處處可見飾帶，還有兩三個菸頭、糖果包裝紙……床底下可以看到一長排各式各樣鈍頭或尖頭的鞋子。中尉覺得，那太過甜膩的茉莉花香不是從花朵來的，而是從床鋪和那排鞋子。

「那票是開多少數目？」蘇珊娜．莫伊謝耶芙娜問。

「兩千三百。」

「啊哈！」這猶太女人露出了另外一隻大大的黑眼睛說。「那您還說——不多！不過，本來今天付或一星期後付都無所謂，但父親死後我這兩個月有這麼多款子要付……那麼多蠢事要忙，讓人暈頭轉向啊！拜託拜託，我想到國外去，卻被這些蠢事纏身。伏特加、燕麥……」她半閉著眼睛喃喃說著，「燕麥，票據，利息，或者像我的大管家說的『齉息』[1]……這真可怕。昨天我才趕走了稅務員。他帶著一個特拉列斯[2]來煩我。我告訴他：您跟您那個見鬼的特拉列斯滾開吧，我誰也不見！他吻了我的手便離開。您聽我說，您兄弟能否再等上兩三個月呢？」

「好狠的問題！」中尉笑了起來。「我兄弟可以等上一年，但是我可不能等！因為這是我，必須告訴您，為了自己的私事奔走。我無論如何需要一筆錢，而我兄弟好像故意似的，一點閒錢都沒有。我不得不到處去收債。剛剛去了佃農那裡，現在就在您這邊坐著，在您之後我還要去哪裡轉轉，在我拿到五千盧布之前都得如此。我非常需要錢！」

「夠了，一個年輕人要錢還能拿去幹什麼呢？想作怪還是胡搞。怎麼，您是吃喝玩樂花太多了？賭博輸了？還是要結婚了嗎？」

---

[1] 中譯的「齉息」（原文拼音 pruchent），即指發音不準的「利息」（原文拼音 protsent），文本中用來嘲諷大管家。

[2] 此處指德國物理學家特拉列斯（J. G. Tralles, 1763-1822）發明的酒精檢測器，而非指人，可以想見當時伏特加是按酒精濃度課稅。

「您猜對了！」中尉稍微挺起身子，笑了起來，馬刺叮噹響了一下。「確實，我要結婚……」

蘇珊娜．莫伊謝耶芙娜凝視著客人，擺出一臉愁苦，並嘆了一口氣。

「我不了解，人是何苦要結婚呢！」她說，並找了找身邊的手帕。「生命這麼短，自由這麼少，而他們還要把自己綁起來。」

「各人有各人的觀點……」

「對，對，當然，各人有各人的觀點……但是，您聽我說，難道您要跟一個窮女人結婚？愛得火熱嗎？那您為什麼一定要五千盧布，而不是四千或三千呢？」

「她話還真多！」中尉心想，然後回答：

「事情是這樣，按規定軍官不得早於二十八歲結婚。如果想結婚，那你要麼辦退伍，不然就繳五千盧布保證金。」

「啊哈，現在了解了。聽我說，您剛剛說的，各人有各人的觀點……或許，您的未婚妻是某位特別又出色的女人，但是……我絕對不了解，一個規規矩矩的人怎麼能夠跟一個女人生活？就算殺了我也不了解。我已經活了，感謝主，二十七歲了，但我這輩子從來沒見過一個還算不錯的女人。全都是裝腔作勢的人、不道德的人、撒謊家……我只能忍受女僕和廚娘，而所謂的上流女人，我是不會讓她們靠近我的砲火射程之內的。對，感謝上帝，她們自己也討厭我，不會來煩我。假如有女人需要錢，那她會派丈夫來，自己絕對不會來，不是因為驕傲，不，就只是懦弱，她害怕，想要我別跟她吵。啊，我太了解她們的好惡了！可不是嘛！我坦誠公開給大家看，她們卻是全力在逃避上帝和人們。所以她們怎麼能不討厭我呢？關於我，想必人家已經向您說了許多難以置信的話了吧……」

「我不久前才到這裡，所以……」

「喏，喏，喏……我看得出來！那難道您嫂子沒給您交代一下嗎？放一個年輕人來找這麼可怕的女人而不預先警告——怎麼可能？哈哈……但又怎樣，您兄弟好嗎？他可真行，這麼俊俏的男人……我好幾次在日禱時看過他。您幹嘛這樣看我？我很常上教堂的！大家的上帝都是同一個。對有教養的人來說，比起思想，外表就不那麼重要……不是嗎？」

「是，當然……」中尉微微一笑。

「對，思想……您完全不像您的兄弟。您也俊俏，可是您兄弟更是俊俏。真教人驚訝，這麼不相像！」

「這不奇怪：因為我們不是親兄弟，是表兄弟。」

「對，就是嘛。那麼，您今天一定需要錢嗎？為什麼是今天？」

「這幾天我就要收假了。」

「唉，還能拿您怎麼辦呢？」蘇珊娜·莫伊謝耶芙娜嘆了口氣。「就這樣吧，錢我給您，雖然知道您將來會罵我。婚後您跟妻子吵架時會說：『要是那個身上長瘡的吝嗇鬼婆子沒給我錢的話，那我或許現在還自由得像鳥兒一樣！』您的未婚妻漂亮嗎？」

「是，還不錯……」

「嗯！……畢竟要有點什麼也好，外表漂亮也好，比起什麼都沒有要來得強。不過，對丈夫來說，女人再怎麼漂亮也抵不了自己的空洞乏味。」

「這真新奇！」中尉笑起來。「您自己是女人，卻是這麼一個厭女症的人！」

「女人……」蘇珊娜冷笑一聲。「難道上帝給了我這樣一副軀殼是我的錯嗎？我這裡的錯，就像是您有鬍髭一樣的錯。選什麼樣的琴盒不是小提琴可以做主的。我非常愛自己，但是每當人家提醒我是個女人，我就會開始痛恨自己。唉，您離開這裡吧，我要換衣服。您到客廳等我。」

中尉出去第一件事就是深深呼一口氣，來擺脫濃濃的茉莉花香，擺脫這個已經開始讓他頭暈和喉嚨發癢的味道。他受了驚嚇。

「真是奇怪的女人！」他四下張望，心裡想。「說話有條理，但……就是話太多，也太直了。有點像是精神病患者。」

他現在站著的客廳，裝潢豪華，意圖追求奢華與時髦。那裡有黯淡的浮雕青銅盤，桌上擺著尼斯和萊茵河的風景畫，還有古老的壁燈、日本的小雕像，但這一切追求奢華與時髦的意圖，只更突顯了缺乏品味——鍍金的裝潢線板、繽紛的花壁紙、明亮的絲絨桌巾，以及沉重畫框裡劣等的石印油畫，無不堅定地大肆宣揚著這點。未完工的樣子和多餘礙眼的東西，更強化了這缺乏品味，感覺好像少了些什麼東西，似乎又有很多東西應該扔掉。看得出來，這整體的樣貌並非一下形成，而是一點一滴，趁著撿便宜時機和出清拍賣才弄成的。

中尉自己的品味也並不怎麼樣，但連他都注意到，這裡整體的樣貌帶有一點個人特色，是無法用奢華和時髦擦拭掉的，這就是——完全沒有女人的痕跡，沒有女主人親手布置房間時所賦予的，眾所周知的那一抹溫暖、詩意和舒適的調調。這裡令人感到冰冷，像是在火車站的房間、俱樂部或劇院的休息室一樣。

房間裡幾乎沒有什麼是猶太人特質的東西，就除了一幅大尺寸的畫，描繪的是雅各和以掃的相見[1]。中尉環顧四周，想著這位剛剛認識的奇怪女人，想到她的放肆和說話態度，便聳了聳肩膀。但這時候門打開了，她本人出現在門檻上，身材勻稱，一襲長長的黑色連衣裙，腰肢勒得緊實彷彿雕琢過似的。現在中尉就不只看到鼻子和眼睛

[1] 典出《舊約聖經．創世紀》的「以掃出賣長子的名分」（25·27-34）到「雅各和以掃的相見」（33·1-11）等情節，描寫這兩個攣生兄弟爭奪長子繼承權最終和解的故事。先出生的以掃看輕名分以一碗雅各煮的紅豆湯出賣了名分，之後雅各又冒充以掃得到盲眼父親認可的名分祝福，兄弟倆結怨，雅各被迫寄居外地二十年，最終雅各回到家鄉與兄長相見：「雅各舉目觀看，見以掃來了……一連七次俯伏在地才就近他哥哥。以掃跑來迎接他，將他抱住，又摟著他的頸項，與他親嘴，兩個人就哭了。」（和合本）。

了，還看到白皙瘦削的臉蛋，以及捲得像是羔羊毛的一頭烏黑捲髮。他不喜歡她，但並不是她不漂亮。總之，他對非俄羅斯人的臉龐都抱著一股成見，而且他還發現，這位女主人的烏黑捲髮、濃眉跟那白皙的臉蛋非常不搭，不知怎麼那張臉潔白得讓他想起過甜的茉莉花香，還有她的耳朵和鼻子都蒼白得嚇人，像是死人的或是用透明的蠟澆鑄而成的。她微笑時會連著牙齒露出蒼白的牙齦，這點他也不喜歡。

「萎黃病[2]……」他想。「想必她像火雞一樣神經緊張。」

「我這不就來了！我們走吧！」她說，快速走向前超越他，並沿路從花叢間摘掉一些發黃的葉子。「我現在給您錢，如果您願意的話，我還供您吃早餐。兩千三百盧布吧！好買賣之後您會有好胃口吃東西的。您喜歡我的房間嗎？本地的太太們都說我這裡有大蒜味。他們所有說笑的本領就只限於這種廚房裡的玩笑。我很快會讓您相信，我甚至在地窖裡都沒放大蒜，還有一次，一個渾身大蒜味的醫生來拜訪我，我便請他拿著自己的帽子，到別的地方散播他的芬芳。我這裡的味道不是大蒜味，而是藥味。父親癱瘓在床一年半，因此整屋子都染上了藥味。一年半！我同情他，但我很高興他

[2] 一種貧血病症，容易臉色蒼白。

死了，他是那麼痛苦呀！」

她帶軍官走過兩間很像客廳的房間，穿過大廳，停在自己的書房，房裡放了一張女用小書桌，上面擺滿了小飾品。一旁地毯上扔了幾本頁面翻開和折角的書本。書房裡開有一扇不大的門，從那裡望過去可以看到一張擺了早餐的桌子。

蘇珊娜嘮叨個不停，從口袋裡掏出一串小鑰匙，打開了一個奇特的櫃子，它有個又彎又斜的頂蓋。把蓋子拉上來的時候，櫃子便嗚嗚響著，發出一種悲傷的曲子，讓中尉想起了風弦琴[1]。蘇珊娜又選了一把鑰匙，再次啪的一聲開了鎖。

「我這裡有地下通道和暗門，」她拿出一個不大的精製羊皮皮包說。「可笑的櫃子，不是嗎？而我的財產有四分之一都在這個皮包裡。您看看，它鼓得多麼大呀！您可不會把我掐死吧？」

蘇珊娜抬頭望著中尉，和氣地笑了起來。中尉也跟著笑了。

「她倒是可愛！」他心裡想，看著那些鑰匙在她手指之間快速轉呀轉的。

「這就是了！」她從皮包裡挑出一把小鑰匙說。「好吧，債主先生，把票據賞來

---

[1] 利用風吹琴弦產生共鳴的樂器，聲音哀戚。

看看吧。其實，老是說錢真是蠢啊！多麼微不足道，而女人卻又多麼愛它呀！您知不知道，我是徹頭徹尾的猶太人，我瘋狂愛著施穆利和揚克利[2]，但在我們閃米特人[3]的血液裡有一樣令我討厭的東西，就是貪圖輕易得到的錢財。只會攢錢，自己也不知道為了什麼攢錢。人需要生活和享受，而他們卻怕多花一戈比[4]。在這方面，我更像是驃騎兵[5]，而不像施穆利。我不喜歡把錢擺在同一個地方太久。所以總之呢，我不太像個猶太女人。我的口音大大洩漏了我的出身，是嗎？」

「怎麼跟您說呢？」中尉覺得難以開口。「您說得很道地，不過彈舌音發得不好。」

蘇珊娜笑了起來，把小鑰匙插進皮包上的小鎖。中尉從口袋裡拿出一小疊票據，跟筆記本一起放在桌上。

「沒有其他東西比口音更會出賣猶太人了，」蘇珊娜愉快地望著中尉繼續說。「無

---

[2] 兩者皆為猶太人的名字，這裡泛指猶太人。
[3] 閃米特人（Semites），古代位於西南亞包括希伯來、阿拉伯等民族。
[4] 俄國貨幣的最小單位，一戈比等於百分之一盧布，比喻極少的錢。
[5] 驃騎兵（源自匈牙利文 huszar），一種輕騎兵，這裡指外表光鮮且愛揮霍錢財的人。

論猶太人怎麼硬把自己冒充成俄國人或法國人，只要叫他說『茸毛』這個詞，他就會跟您說：『聾毛[1]……』而我可說得很標準：茸毛！茸毛！茸毛！」

兩人笑了起來。

「她實在很可愛！」索科利斯基心想。

蘇珊娜把皮包放在椅子上，靠向中尉一步，自己的臉挪近他的臉，愉快地繼續說：

「除了猶太人之外，沒有比俄國人和法國人更讓我喜愛了。我在中學學得差，歷史沒搞懂，但我覺得，世界的命運是掌握在這兩個民族的手裡。我長期住在國外……甚至在馬德里住過半年……各式各樣的人我看多了，才有這麼堅定的觀點：除了俄國人和法國人，就沒有任何一個規規矩矩的民族了。就拿語言來說吧……德語像馬的語言，英語——無法想像還有什麼比它更蠢的了：發—飛—呼[2]！義大利語只有在你慢慢說的時候好聽，要是聽義大利的多嘴女人說話，那就跟聽猶太人的黑話一個樣。那波蘭人呢？我的上帝，主啊！沒有比這更討人厭的語言了！『Ne pepshi Petshe vepshe

---

[1] 「茸毛」的俄文用「пух」，「聾毛」的俄文用「пэххх」，嘲諷發音不準。

[2] 俄文用擬聲詞「файть-фийть-фюйть」。

pepshem, bo moje prepepshit' vepshe pepshem』[3]。這意思是：彼得，不要給乳豬撒胡椒，不然你會給乳豬撒太多胡椒。哈哈哈！」

蘇珊娜．莫伊謝耶芙娜轉著眼珠子笑了起來，笑得那麼可愛，那麼有感染力，看著她的中尉也跟著愉快地哈哈大笑起來。她抓著客人衣服上的鈕扣繼續說：

「您當然不喜歡猶太人……我不爭辯，缺點很多，就像所有民族一樣。但難道是猶太人的錯嗎？不，不是猶太人的錯，而是猶太女人的錯！她們不太聰明、貪婪、沒有一點詩意、無聊……您從來沒跟猶太女人生活過，就不會知道這當中的迷人之處了！」

最後幾個字蘇珊娜．莫伊謝耶芙娜是拖長著音說出來的，已經不再興奮地笑著。她沉默下來，好像被自己的坦白給嚇了一跳，她的臉突然變得奇怪難以理解。眼睛眨也不眨地盯著中尉，嘴唇張開，露出了細窄的牙齒。在她整張臉上、頸子上，甚至胸脯上，都抖動起一種凶惡貓咪似的表情。她視線沒離開客人，身體卻迅速轉向另外一邊，然後像隻貓似的急速地從桌上抓起某個東西。這一切不過幾秒鐘。中尉緊盯著她

[3] 這裡幾乎每個詞都有「psh」的音，彷彿是刻意選繞口令似的句子來嘲諷。

的動作，看到她五隻手指是如何把他的票據揉成一團，看到那張白晃晃沙沙作響的紙如何在他眼前一閃而過，便消失在她的拳頭裡。從和善的笑到犯罪，蘇珊娜如此劇烈又不尋常的轉變，使他過於震驚，以致臉色發白，後退了一步……

而她繼續在他那吃驚又探詢的目光注視下，緊握拳頭並沿著大腿找尋口袋。那拳頭像條被捉住的魚掙扎扭動，在口袋附近轉來轉去，卻怎麼都塞不進口袋縫隙。眼看下一瞬間票據就要消失在女人衣服的某個神祕暗處，中尉這才輕輕喊了一聲，不是出於理智而是出於本能，他一把抓住猶太女人緊握拳頭的手腕。而她更齜牙咧嘴，用盡全力掙扎，終於把手掙脫開來。於是索科利斯基的一隻手就緊緊卡住她的腰，另一手則抱住她的胸，他們開始近身肉搏。擔心有辱女性尊嚴，也怕傷了她，他盡量不讓她亂動，只想抓住握有票據的手，而她卻像隻鰻魚似的，在他的懷裡不斷扭動自己靈活矯健的身軀，設法掙脫，用肘撞他的胸，用手抓來抓去，因此他兩手在她全身上下游走，不得已弄痛了她，也羞辱了她。

「這真是不尋常！真是太奇怪了！」他心想，無法從驚訝中回神，不敢相信自己，覺得自己整個人被茉莉花香給沖昏頭了。

他們沒說話，重重喘氣，腳下絆著家具從這邊打到那邊。這場肉搏戰讓蘇珊娜越打越起勁。她滿臉通紅，閉上眼睛，甚至有一次忘我地將自己的臉貼緊在中尉的臉上，因此在他的唇上留下了淡淡香甜。最後，他抓住了拳頭……鬆開它卻沒發現票據，他放開了猶太女人。他們漲紅著臉，披頭散髮，重重喘氣，彼此對望著。猶太女人臉上凶惡貓咪的表情漸漸變成了和善的微笑。她哈哈大笑，並且用單腳轉過身，朝著擺好早餐的房間走去。中尉拖著步伐慢慢跟著她。她在桌前坐下，依舊漲紅著臉，重重喘氣，她喝乾了半杯波特酒。

「聽著，」中尉打破沉默，「相信您是在開玩笑吧？」

「一點也不。」她回答，嘴裡塞進一小片麵包。

「哼！……那您打算怎麼解釋這一切？」

「隨便您怎麼想。您坐下來吃早餐吧！」

「但是……這不太正當！」

「或許吧。不過，您別費心對我說教了。我看事情自有一套觀點。」

「您不交出來嗎？」

「當然不要！您要是個窮困不幸的人，什麼也沒得吃，嘿，那就是另外一回事，而你——卻是想結婚！」

「但這可不是我的錢，是表兄的！」

「那您表兄要錢幹嘛？給他老婆買衣服？您的嫂子[1]有沒有衣服穿，我一點都不在乎。」

中尉已經不記得自己是在別人屋子裡，而且還是在陌生女士的家裡，他顧不上體面了。他在房間裡來回走動，愁眉苦臉，焦慮地揪著小背心。在他眼中猶太女人行為不檢作賤自己，因此他覺得自己變得更大膽，更放肆了些。

「見鬼了！」他嘟囔著。「您聽著，沒從您那裡拿到票據，我是不會離開這裡的！」

「啊，那更好！」蘇珊娜笑著。「您就在這裡住下來也好，我還更高興。」

搏鬥後心情激動的中尉，盯著蘇珊娜那張嘲笑又不知羞恥的臉、咀嚼的嘴和大力喘息的胸脯，他變得更大膽、更隨便了。他不再想票據的事，而是不自禁有點貪婪地想起表兄說過的故事，關於這猶太女人的風流奇聞，關於她放蕩不羈的生活，這些念

[1] 原文用法文「belle-soeur」。

頭只更激勵了他的隨便放肆。他猛地坐到猶太女人身旁，不想票據，開始吃東西……

「您要伏特加還是葡萄酒？」蘇珊娜笑著問。「那麼您是要留下來等票據嗎？可憐蟲，您得要在我這裡度過多少晝夜等著票據呀！您未婚妻沒意見嗎？」

2

五個小時過去了。中尉的表兄阿列克謝．伊凡諾維奇．克留科夫，穿著居家罩衫和鞋子在自己莊園裡的幾個房間走來走去，不耐煩地看看窗戶。這是一位高大結實的男人，留著一大把烏黑鬍子，一臉剛毅，猶太女人說的沒錯，他長得俊美，儘管已經到了男人會過度發胖、皮鬆肉弛和禿頭的年紀。在精神和理智上，他也擁有我們知識分子才富含的那些性格：熱心、和善、有教養，了解科學、藝術、信仰和騎士的榮譽觀念，但就是膚淺又懶惰。他愛吃好喝好的，打得一手好牌[1]，懂得欣賞女人和馬，但在其他方面就不太拿手，呆板得像海豹一樣，若要把他從安逸狀態叫出來，非得要點什麼不尋常的、令人憤恨的事情發生，到時候他可就會忘記世上的一切，展現無比的活力：像是找人決鬥啦，寫七張紙的長信向部長告狀啦，騎馬跑遍全縣城啦，當眾大罵那個「下流胚子」啦，或打官司等等的。

[1] 原文用文特牌（vint），自英國惠斯特牌（whist）演變來的四人紙牌遊戲，是需要花腦筋的牌戲。

「我們的沙夏怎麼到了現在還沒回來？」他看著窗戶問妻子。「這下就要吃中飯了！」

克留科夫兩夫妻等中尉一直等到六點，便坐下來先吃了。到晚上已經該吃晚餐的時候，阿列克謝．伊凡諾維奇仔細聽聽有沒有腳步聲、敲門聲，還是聳了聳肩。

「怪了！」他說。「這個滑頭的年輕軍官應該是在哪個承租戶那裡耽擱了。」

晚餐後克留科夫躺下睡覺，他這麼想：中尉在承租戶那裡作客太久，好好痛飲一番後便留下過夜了。

亞歷山大．格里戈里耶維奇回到家已經是隔天的早晨。他的表情非常尷尬又沒精打采的。

「我需要跟你單獨談談……」他神祕兮兮地跟表兄說。

他們進了書房。中尉關上門，說話之前，他在房裡來來去去走了好久。

「老兄，發生了一件事，」他開口，「我不知道該要怎麼跟你說。你不會相信的……」

他漲紅了臉，沒看表兄，結結巴巴地把票據的事情說了出來。克留科夫岔開兩腿，低下頭聽著，皺起眉頭。

「你這是開玩笑吧？」他問。

「去你的我開玩笑？哪裡像玩笑！」

「我不了解！」克留科夫喃喃地說，沉著一張漲紅的臉，兩手一攤。「這甚至……從你的角度來說也不道德。一個好動的年輕女人在你眼前搞出了鬼才知道是什麼的刑事犯罪，幹了下流勾當，而你卻湊過去跟她接吻！」

「但我自己也不了解這是怎麼發生的！」中尉低聲說，愧疚地眨眨眼。「說真的，我不了解！這輩子頭一次遇到這種怪物！她不是以美貌取勝，也不是聰明，而是這個，你了不了解，是不要臉、無恥……」

「不要臉、無恥……你倒是推得乾乾淨淨！假如你真想這麼不要臉和無恥，那就去爛泥裡抓一隻豬來，然後活活吃掉牠！那樣至少還便宜一點，那可是——兩千三百啊！」

「瞧你拐彎抹角講什麼！」中尉眉頭一皺。「我還給你這兩千三百就是了！」

「我知道你會還，但這難道是錢的問題嗎？就叫這些錢見鬼去吧！讓我氣的是你的軟弱、沒主見……膽小得不得了！你還是個未婚夫！有未婚妻了！」

「不必你提醒……」中尉臉紅。「我現在也討厭自己。隨時準備鑽到地下去……為了五千盧布現在還得去糾纏阿姨，真是讓人厭惡又懊悔……」

克留科夫還氣了好久，發著牢騷，之後他靜了下來，坐在沙發上，時不時取笑一下表弟。

「中尉！」他語帶輕蔑嘲諷地說。「未婚夫！」

突然間他跳了起來，像被螫到似的，跺一下腳，在書房裡快步來回走動。

「不，這事我不會就這麼算了！」他揮動著拳頭說。「我會把票據拿回來的！一定會！我會押她過來！一般人不打女人，但我要重重打她一頓……打得她體無完膚！我不是中尉！少用不要臉和無恥來惹我！門都沒有，讓她見鬼去吧！米什卡，」他喊，「快去叫人幫我備好快馬車！」

克留科夫迅速穿好衣服，不理會驚慌的中尉，坐上馬車，果決地揮揮手，便往蘇珊娜．莫伊謝耶芙娜家奔馳而去。中尉久久看著窗外那團跟在馬車後的滾滾沙塵，他伸個懶腰，打個呵欠，便回自己房間去。一刻鐘後他睡沉了。

五點鐘他被叫醒去吃午飯。

「阿列克謝真是好心啊！」他的兄嫂在餐廳招呼他。「要人家等他吃飯！」

「難道他還沒回來嗎？」中尉打呵欠。「嗯……想必是去找承租戶了。」

但是到了晚飯時間阿列克謝·伊凡諾維奇也還沒回來。他太太跟索科利斯基都斷定，他在承租戶家打牌打得忘記時間，而且很可能會在那邊過夜。然而，發生的事情卻完全不是他們所設想的那樣。

克留科夫到了隔天早晨才回家，跟誰也不打招呼，一聲不吭地鑽進自己的書房。

「嘿，怎麼樣？」中尉低聲說，睜著大眼望著他。

克留科夫揮一揮手，噗哧了一聲。

「到底怎麼樣？你在笑什麼？」

克留科夫倒臥沙發上，把頭藏進枕頭裡，身體由於憋著笑而晃動起來。一分鐘後他站起來，用笑到流淚的眼睛看著驚訝的中尉說：

「門關好點。唉，這女人——可真行，我這就跟你說！」

「票拿到了嗎？」

克留科夫揮一揮手，又哈哈大笑起來。

「唉，這女人可真行！」他繼續說。「老弟，能夠認識她可要說聲感激啊！這人是穿裙子的魔鬼！我到了她那裡，走進去，你知道的，我那一副天神朱比特的架式，連我自己都怕……我整個人蹙著臉又皺著眉，甚至握緊拳頭好顯得更威風些……我說：『這位女士，跟我開玩笑可是會倒楣的！』——諸如此類的。我還搬出法院、省長來威脅她……她起先哭了起來，說是跟你開個玩笑，甚至也帶我去那個櫃子，要拿錢還我，然後她開始議論歐洲的未來是在俄國人和法國人的手裡，而且還痛罵女人一番……我像你一樣聽得入迷，我這頭蠢驢啊……她開始誇我有多俊美，撫摸我肩側的手臂，想看看我有多強壯，然後……然後就像你看到的，我剛剛才從她那裡離開……哈哈……她講到你還興奮得不得了呢！」

「好一個傻小子！」中尉笑了。「結了婚的人，受人敬重……怎麼，羞愧嗎？討厭嗎？不過，老兄，不是開玩笑，您們這個縣城倒有了一個塔瑪拉女王[1]……」

---

[1] 指格魯吉亞女王塔瑪拉（Tamara, 1160?-1213），一則不實的傳說中她殺死自己的情人丟到河裡；在萊蒙托夫（M. Y. Lermontov, 1814-1841）的《塔瑪拉》詩中有提到這個故事。——俄文版編注

「何止在縣城裡，在全俄羅斯你都找不到這種變色龍！我有生以來從沒見過這樣的女人，可我不是這方面的專家嗎？我不是跟潑婦混過，但像這種女人還沒見識過呢。她就是以不要臉和無恥取勝。她迷人的地方，就是這些措辭上的急遽變化又莫測難辨，這該死的衝動……呸！而票據——去他的吧！沒希望了。你我兩人都是大罪人，罪行各半。我不會把兩千三百全算你的，而只算一半。當心點，你要告訴我老婆，我是待在承租人那裡。」

克留科夫和中尉把頭藏進枕頭裡，開始哈哈笑。他們抬起頭，彼此對望一眼，又再倒到枕頭上。

「未婚夫！」克留科夫逗弄著。「中尉！」

「有婦之夫！」索科利斯基回應。「受人敬重！一家之主！」

午餐的時候他們說暗語，彼此使眼色，還把湯汁濺到餐巾紙上，讓全家大小感到吃驚。飯後他們心情依舊好極了，裝扮成土耳其人，帶著長槍互相追逐，給小孩子表演打仗。晚上他們爭論很久。中尉說，拿老婆嫁妝是卑鄙下流，甚至在雙方彼此熱戀的時候也一樣；克留科夫則用拳頭敲著桌子，說不願老婆擁有財產的丈夫是自私自利的人和暴君，這點他覺得很荒謬。兩人大喊大叫，激動憤怒，誰也不想理解誰，灌了不少酒，最終，兩人各自提著罩衫的衣角，回到自己的臥房。他們很快睡著，還睡得很沉。

生活照舊平淡、慵懶、無憂無慮地流逝。暗影籠罩大地，雲中雷聲隆隆，偶爾風抱怨地呻吟，似乎想展現大自然也會哭泣，但是沒有什麼可以驚擾這些人習以為常的平靜。他們不談蘇珊娜·莫伊謝耶芙娜，也不談票據。關於這件事兩人好像有點羞於說出口。但是當他們回憶而且想到她的時候是心滿意足的，就像在回憶一齣新奇的鬧劇，好像生活意外又偶然地拿這齣戲尋他們開心，等年紀大的時候回憶起來也會感到愉快……

在與猶太女人會面後的第六或第七天早上，克留科夫坐在自己書房裡，寫祝賀信給阿姨。亞歷山大·格里戈里耶維奇在桌旁默默走來走去。中尉昨夜沒睡好，醒來情緒不好，現在覺得煩悶。他走著走著，想到自己的假期要結束，想到等待他的未婚妻，想到人一輩子住在鄉下怎麼會不煩悶哪。他停在窗前，久久望著樹林，連續抽了三枝菸，突然轉身向表兄。

「阿柳沙[1]，我有件事求你，」他說。「今天借我一匹坐騎……」

克留科夫好奇地望著他，皺了皺眉頭繼續寫字。

「那你給嗎？」中尉問。

克留科夫再望望他，然後緩緩拉出桌子抽屜，取出一疊厚厚的東西，交給了表弟。

「這五千給你……」他說。「雖說這不是我的錢，但就這樣吧，無所謂了。建議你，馬上派人去找驛馬，這就離開吧。真的！」

輪到中尉好奇地望著克留科夫，他突然笑了起來。

「原來你猜到了，阿柳沙，」他紅著臉說。「我本來想去找她。昨天傍晚洗衣女僕拿給我這件該死的軍制服，就是我當時穿的，茉莉花香還是那麼芬芳，那味道……可真吸引我！」

「你該走了。」

「對，確實。剛好也要收假了。真的，今天就走！一定要離開！不管住多久，終歸得離開……我走了！」

[1] 阿列克謝的小名。

當天的午餐前，驛馬就備好了，中尉與克留科夫一家道別，帶著美好祝福離開。

又過了一個星期。這是個陰鬱卻悶熱的一天。克留科夫從一大早就在幾個房間漫無目的地轉來轉去，看看窗外，或者翻翻早已看膩了的相簿。每當妻子或孩子出現在他的眼前，他就氣呼呼地嘟囔起來。這天他不知道為什麼，總覺得孩子很不乖，妻子管教僕人不嚴，還覺得帳簿的收支不符。這一切都意味著，「老爺子」心情不好。

午餐之後，對湯和焗烤菜很不滿意的克留科夫，叫人準備快馬車。他慢吞吞駛出院子，緩緩走了四分之一里[2]路，馬車便停了下來。

「要不要去……去找那個魔鬼呢？」他望著陰鬱的天空想。

克留科夫甚至笑了起來，彷彿是一整天頭一次問自己這個問題。他煩悶的心情立刻輕鬆許多，慵懶的眼神裡也放出了滿足的閃光。他策馬前進……

整條路上他的想像奔馳，想到猶太女人看到他的到來會多麼驚訝，而他說笑閒聊得多麼開心，然後煥然一新地回家……

「必須每個月來一點什麼讓自己煥然一新……要有點不尋常的，」他想，「最好

[2] 此處指俄里（全書亦同），一俄里等於一．〇六公里。

要那種能把老舊的身子好好振奮一番的東西……讓人有反應的東西……要嘛喝酒也好，要嘛……蘇珊娜也好。不能沒有這個。」

當他進伏特加酒廠的院子時，天色已暗。從主屋敞開的窗戶傳來笑聲歌唱：

「明亮比下閃電，熾熱勝過火焰[1]……」——某個渾厚的男低音唱著。

「哦，她有客人！」克留科夫心想。

她有客人讓他感到不高興。「要不要回去呢？」他拉起門鈴時想，但終究還是搖了鈴，並沿著熟悉的階梯走上去。他從前廳朝大廳張望一下。那裡有五個男人——都是熟識的地主和官員。有一個又高又瘦的男人，坐在鋼琴前，長長的手指敲著琴鍵唱歌。其餘的或聆聽或滿意地露牙笑著。克留科夫在鏡子前看看自己，正想進大廳去，這時蘇珊娜．莫伊謝耶芙娜本人剛好翩翩來到前廳，她興高采烈，一身同樣那套黑色連衣裙……她看見克留科夫，一瞬間呆住了，然後大叫一聲，高興得眉開眼笑。

「是您嗎？」她抓著他的手說。「真是驚喜啊！」

---

[1] 此為俄國作曲家格林卡（M. I. Glinka, 1804-1857）的俄文抒情歌曲，庫科利尼克（N. V. Kukolnik, 1809-1868）作詞。——俄文版編注

「啊，她來了！」克留科夫摟著她的腰微微一笑。「怎麼樣啊？歐洲的命運還掌握在俄國人和法國人的手裡嗎？」

「我真高興！」猶太女人小心地挪開他的手，笑了起來。「嘿，您去大廳吧。那裡全都是熟人……我去叫人給您端茶。您叫阿列克謝吧？嘿，進去吧，我馬上到……」

她做了個飛吻的手勢就跑出了前廳，身後留下了同樣那股甜得發膩的茉莉花香。克留科夫抬起頭走進大廳。他跟大廳裡的所有人都有交情，但他只向他們微微點頭致意；他們也這樣回應他，彷彿他們見面的地方是不入流的場所，或者他們心裡已經有了默契，彼此不要相認對大家都好。

從大廳出來的克留科夫，穿過一間客廳，之後又穿過另一間客廳。沿路上他碰見三、四位客人，也是熟識的，但對方差點沒認出他。他們臉上帶著醉意和歡樂。阿列克謝．伊凡諾維奇斜眼瞄他們，感到納悶，他們這些有家室、受人敬重又歷經過窮困和吃過苦的人，怎麼能夠用這麼卑微廉價的歡樂侮辱自己到這個地步！他聳聳肩，微笑著繼續走。

「是有這樣的地方，」他想，「讓清醒的人覺得噁心，酒醉的人卻心情愉快。我記得，聽輕歌劇和吉普賽人唱歌的時候，我一次也沒清醒著去過。酒讓人變得更親近，也讓人安於荒淫……」

突然間他停了下來，動也不動，兩手抓住門柱。在蘇珊娜的書房裡，書桌後面坐的是中尉索科利斯基。他跟一位皮膚鬆弛的胖猶太人悄悄聊著什麼事情，一看到表兄便滿臉通紅，兩眼隨即低視相簿。

克留科夫的心裡奮起一股正派的情緒，血氣直衝他腦門。由於驚訝、羞恥和憤怒而心煩意亂，他默默走到桌子旁邊。索科利斯基把頭彎得更低了，滿臉難受的羞恥表情。

「啊，是你，阿柳沙！」他勉強抬起眼睛微笑著說。「我原本是過來道別的，但你也看到了……可是我明天一定會離開！」

「唉，我還能跟他說什麼？說什麼呢？」阿列克謝·伊凡諾維奇想。「如果連我自己都在這裡，那我哪有什麼資格評判他？」

因此他沒說一句話，只清了清喉嚨，便慢慢走出去。

「別說她是天上有，地上拿她也不走[1]……」——大廳裡的男低音唱著。

沒一會兒，克留科夫的快馬車已經在沙塵路上喀噹喀噹響起。

[1] 此為格林卡的俄文抒情歌曲，帕夫洛夫（N. F. Pavlov, 1803-1864）作詞。——俄文版編注

尼諾琪卡（愛情故事）[1]

[1] 本篇原作發表於一八八五年十一月四日的《彼得堡報》，作者署名「A·契洪特」。——俄文版編注

房門悄悄地開了，進來找我的是我的好朋友帕維爾．謝爾蓋耶維奇．維赫列涅夫，他是個年輕人，但外表老氣，又病懨懨的。他有點駝背，鼻子長，身材瘦弱，總之是不漂亮，但同時他的外表是這麼的樸實、溫和又輪廓模糊，以致於每次看著他的時候，會有一種奇怪的願望，想用五根手指去抓住他的容貌，彷彿想要感觸我這位朋友的全副好心腸和麵糊似的心靈。就像所有脫離現實生活的人一樣，他安靜、膽怯又靦腆，這次他也是，不過更加蒼白，而且好像有什麼事情讓他焦慮不堪。

「您怎麼了？」我問，凝視他蒼白的臉龐以及略微顫抖的雙唇。「是病了還是怎麼，或是又跟老婆處不好了？您臉色很差！」

維赫列涅夫遲疑了一下，咳了一咳，然後揮揮手說：

「我跟尼諾琪卡……又有了麻煩！親愛的，這種痛苦讓我整晚都睡不著，就像您看到的，我幾乎快要活不下去……鬼才知道我是怎麼了！其他人的話無論你給什麼痛苦，他們都不在意，那些侮辱、損失和病痛都可以輕鬆忍受，而對我來說，一點點小事情就夠受了，就會讓我變得無力又撐不下去！」

「但是發生了什麼事？」

「小事情……小小的家庭慘劇。如果您想知道，我就告訴您。昨天晚上我的尼諾琪卡哪裡都沒去，留在家裡想跟我度過一個夜晚。我當然很高興。通常她晚上都會往外跑，去這裡那裡參加聚會，而我只有晚上會在家裡，所以您可以知道，我是那個……多麼高興哪。不過，您沒結過婚，無法得知，當你下班回來看到家裡有親人，從而發現你是為了什麼活著，你會感覺到多麼溫暖舒適……啊！」

維赫列涅夫描述著家庭生活的美好，擦掉額頭上的汗，繼續說：

「尼諾琪卡想要跟我共度一晚……而您是知道，我是個什麼樣的人！我這個人無趣、沉悶又不機靈。跟我在一起有什麼好玩的？我總是跟我的圖表、過濾器和土壤為伍。我不彈琴，不跳舞，不說笑……我什麼也不會，而您得同意，尼諾琪卡可是年輕又愛交際的……青春自有權利……不是這樣嗎？唉，我開始給她看看圖片、各種小東西啦，這個那個的……說點什麼故事……剛好我那時候想起，我桌裡擺著一些舊信件，正巧裡面有幾封最好笑的信！在大學時代我有一些朋友：他們信寫得很妙，那些滑頭！去讀讀——包準你笑破肚腸。我從桌裡拿出這些信件，給尼諾琪卡讀讀看。我給她讀了一封一封，再一封……突然間——卡住了！在其中一封信裡，您知不知道，就看見這句話：『卡佳向你問候』。對於愛吃醋的妻子來說，這種句子是利刃，而我的尼諾琪卡——是穿裙子的奧賽羅[1]。我不幸的腦袋瓜上便落下了一堆問題：這個卡卿卡[2]是誰呀？又怎麼了？又為什麼？我向她說明，這個卡卿卡就像是初戀……不過是這種大學生的、年輕又不成熟的對象，這是沒有任何意義的。我說，每個年輕人都有一個自己的卡卿卡，沒這個就不成……我的尼諾琪卡可不聽！鬼才知道她在想什麼，然後她就哭了。哭完之後就歇斯底里。她大喊：『您齷齪、卑鄙！您對我隱瞞自己的過去！』她又喊：『所以說，您到現在還有一個什麼卡卿卡的，您就是在隱瞞嘛！』我一再向她保證，但就是沒有用……男人的邏輯永遠應付不了女人。最後，我請她原諒，跪下來求……我爬到她面前，而她還是無動於衷。我們就這樣在歇斯底里中去睡覺：她睡在房裡，而我睡沙發上……今天早上她不看我，生悶氣，用『您』稱呼我。她滿口說要回娘家找媽媽。想必她會去的，我知道她的個性！」

「嗯，確實是不愉快的事。」

---

[1] 莎士比亞的同名劇作男主角，性格善嫉妒。

[2] 卡佳的暱稱。

「我不了解女人！唉，就算尼諾琪卡還年輕、有道德感又挑剔的話，像卡卿卡這種平凡小事也是不可能不讓她討厭的，就算如此……但難道原諒我很難嗎？……就算我有錯，我也道歉了，跪下來趴在她面前！如果您想知道，我甚至還……哭了出來！」

「對，女人是個大謎團。」

「我親愛的朋友，親愛的，您對尼諾琪卡有很大的影響力，她尊敬您，覺得您有威信。求求您去找她一趟，用盡一切的影響力去讓她明白，她有多麼不對……我很難過，我親愛的！……如果這件事情再持續一天，那我會受不了的。去一趟吧，我親愛的朋友！……」

「但是這樣合適嗎？」

「怎麼會不合適？您跟她從小就是朋友，她相信您……去吧，勞駕您了！」

維赫列涅夫淚眼汪汪的哀求打動了我。我穿起衣服去找他的妻子。我遇見尼諾琪卡正在做她最愛的活動：她坐在沙發上兩腿交疊，朝空中瞇著自己那雙漂亮的眼睛，然後什麼事也不做……一看見我，她便從沙發上跳起身，朝我跑過來……隨後她看看四周，快速關上門，然後像枝羽毛般輕飄飄地掛在我的脖子上。（讀者可不要以為這裡印錯字了……自從我分擔維赫列涅夫的夫妻義務以來，這樣已經有一年了。）

「妳這又想出什麼名堂來了，小滑頭？」我問尼諾琪卡，並讓她坐到我身邊。

「什麼事？」

「妳又給自己老公找罪受了！今天他到我那裡，一直在講卡卿卡的事情。」

「啊……這個呀！他找到人訴苦了！……」

「你們那裡是出了什麼事？」

「沒什麼，小事情……昨天晚上覺得煩悶……我心裡氣沒地方可去，一氣之下，就找他的卡卿卡的麻煩。我是因為煩悶才哭，不然你要怎麼跟他解釋我這是在哭什麼？」

「但是，我的心肝寶貝，這可真是嚴厲又殘酷。他是這麼的神經質，妳還跟他大吵大鬧折磨他。」

「沒什麼，他喜歡我吃他的醋……沒有什麼會比假裝吃醋還有效地分散注意力……但我們別再說這個話題了……我不喜歡你一開口就講到我的那條抹布[1]……他讓我厭倦

[1]　抹布在俄文中比喻軟弱沒用的人。

透了……不如來喝茶吧……」

「不過妳還是別再折磨他吧……妳知不知道，光看著他就覺得難過……他是這麼真誠地誇大著自己的家庭幸福，又這麼相信妳的愛，甚至讓人覺得可怕……妳就多少克制一下自己，對他親熱點，撒點謊……妳的一句話就足夠讓他覺得好像飛上七重天似的。」

尼諾琪卡嘟起小嘴，皺起眉頭，但是當稍後維赫列涅夫進來，害羞地瞄了一下我的臉的時候，她還是開心地微笑，並用眼神安撫著他。

「你剛好在喝茶的時候來！」她對他說。「你真是聰明，從來不遲到……你要加鮮奶油還是檸檬？」

維赫列涅夫沒想到會有這樣的對待，深受感動。他情緒激昂地親吻妻子的手，擁抱我，這個擁抱顯得如此荒謬又不適當，讓我和尼諾琪卡——雙雙臉紅了起來……

「托和事老的福氣啊！」幸福的丈夫開心地閒扯起來。「您這下子成功說服了她——為什麼？因為您是上流社會的人，常在社會上交際，懂得女人心理所有的微妙之處！哈哈哈！我是笨海豹，懶旱獺！應該講一句就好，我卻要十句……應該要親吻小手手或其他什麼的，而我卻發起了牢騷！哈哈哈！」

喝完茶後，維赫列涅夫帶我到他的書房，他抓著我的衣服鈕扣，低聲含糊地說：

「我不知道該如何感謝您，我親愛的！您要相信，我之前是這麼難過又煎熬，而現在卻幸福得不得了！這已經不是第一次您把我從險境中救出來。我的朋友，不要拒絕我！我有一個小玩意……就是一輛小火車頭，我自己做的……是我在展覽時的得獎作品……您收下它，當作是我的感謝……還有友誼的標誌吧！……這我就拜託您了！」

當然，我百般推辭，但維赫列涅夫心意堅定，所以我不得不收下他那珍貴的禮物。

幾天、幾週又幾個月過去了……該死的真相遲早會在維赫列涅夫面前揭露開來。偶然得知真相之後，他臉色蒼白得嚇人，躺在沙發上，目光呆滯地望著天花板……一語不發。內心的傷痛勢必會表現在一些動作上，這會兒他開始痛苦地在自己的沙發上翻來覆去。懦弱的天性也只能讓他做到這樣。

過了一星期，維赫列涅夫稍微從令他震驚的消息中回過神來，他來找我。我們倆都很尷尬，彼此不看對方……我不搭調地瞎扯起自由戀愛、夫妻間的自私、認命。

「我不是說這個……」他溫和地打斷我的話。「這一切我都清楚得很。感情的事沒有誰對誰錯。但我對另外一件事情感興趣，純粹實際的那一面。親愛的，我完全不了解生活，只要是跟社會禮俗規範有關的事，我就完全外行。我親愛的，您幫幫我。您說說，現在尼諾琪卡該怎麼辦！她是要繼續跟我住在一起，還是您認為最好讓她搬到您那裡去？」

我們沒商量多久，就下了這個決定：尼諾琪卡留在維赫列涅夫這裡住，而當我想要找她的時候可以隨時過來，維赫列涅夫則找一間角落的房間住，那裡以前是儲藏室。這間房有點潮溼陰暗，進房間得要穿過廚房，不過在那裡可以好好地閉門獨居，不會成為任何人的眼中釘。

大瓦洛佳與小瓦洛佳[1]

[1] 本篇原作發表於一八九三年十二月二十八日的《俄羅斯公報》，作者署名「安東．契訶夫」。畫家列賓（I. Repin, 1844-1930）非常讚賞契訶夫這時期的創作，在一八九五年二月去信契訶夫：「我到現在還沒準備好向您道謝，感謝您在新年時贈送的美好禮物——您的這本書（編按：指一八九四年出版的包括本篇的《中短篇小說集》）……因為我一翻開您的書，就沒辦法離開……」——俄文版編注

「放開我，我想要自己駕車！我去坐到馬車夫旁邊！」索菲雅．利沃芙娜大聲說。「馬車夫，你等等，我去跟你坐在駕駛座。」

她站在雪橇上，而她的丈夫弗拉基米爾．尼基特奇和兒時的朋友弗拉基米爾．米哈伊雷奇抓住她的手，以免她掉下來。三頭馬車飛快奔馳著。

「我說了，不該讓她喝白蘭地的，」弗拉基米爾．尼基特奇懊惱地低聲對自己的夥伴說。「你看看，是不是！」

上校憑經驗知道，像他妻子索菲雅．利沃芙娜這樣的女人，在瘋狂行徑和稍微酒醉的興奮之後，通常會有一陣歇斯底里的笑，然後會再哭一場。他擔心，現在他們回家他可沒辦法睡覺，得要先忙著幫她冷敷、餵點藥水。

「呵喝！」索菲雅．利沃芙娜大喊。「我要駕車！」

她是真心歡樂又得意。最近兩個月來，從結婚那天起，一直有個念頭讓她苦惱，就是人家說她是精打細算過，並且「一氣之下」[1]才嫁給上校亞吉奇；而今天在郊外的餐廳裡，她終於確信自己熱愛著他。儘管他已經五十四歲，身子依然如此勻稱、矯健、

---

[1]　原文用法文「par depit」。

靈活，如此可愛地說著俏皮話，並跟吉普賽女人和聲伴唱。確實，現在的老頭子比起年輕人要有趣一千倍，好像是老少之間互換了身分似的。上校比她父親年長兩歲，但這點有什麼意義嗎？要是憑良心說，他的生命力、活力、光鮮外表，比起才二十三歲的她都要強得多。

「啊，我親愛的！」她想。「我美妙的！」

在餐廳裡她還相信，對於前一次的情感，在她心裡甚至沒有留下一絲眷戀。對兒時的朋友弗拉基米爾．米哈伊雷奇，或者隨意稱他瓦洛佳[1]，這是她昨天還愛到發狂、愛到無所顧忌的人，現在她感覺自己已經徹底心冷了。今天一整晚，她覺得他沒精打采、一臉睡意、無趣、一無是處，然後他常用事不關己的態度逃避付用餐的錢，這一次激怒了她，她差點忍不住要告訴他：「如果您窮，那就待在家裡。」付錢的都只有上校一個人。

或許，她眼前閃過了樹林、電線桿和雪堆，因而她的腦海裡思緒紛陳。她想：餐廳的帳付了一百二十，給吉普賽人——一百，明天，如果她想要的話，哪怕是一千盧

[1] 弗拉基米爾的小名。

布都可以揮霍掉，而兩個月之前，結婚前她自己連三塊盧布都沒有，為了任何一點小事情都得要去找父親。生活變化得多麼厲害！

她滿腦子的思緒混亂一團，她回想起，她的現任丈夫上校亞吉奇，在她十歲左右的時候，他是怎麼追求她的姑姑，還有家裡面所有人都說，他害慘了她，也確實姑姑出來吃飯時經常是哭紅著眼，卻總是出門不知道往哪裡東跑西跑的，還有說到她是個可憐人，沒找到自己的安身處。他那個時候非常英俊，超乎尋常地受到女人歡迎，因此全城都認識他，也談論他，好像他每天會去拜訪仰慕他的眾家女人，就像醫生去巡診一樣。

就連現在，甚至儘管頭髮蒼白，出現皺紋，也戴了眼鏡，有時候他那瘦削的臉龐，特別是側面輪廓，看起來也很俊美。

索菲雅．利沃芙娜的父親是軍醫，某個時候曾跟亞吉奇待在同一個團部。瓦洛佳的父親也是軍醫，也在某個時候曾跟她的父親和亞吉奇待在同一個團部。儘管愛情冒險頻繁，常常又搞得非常複雜又麻煩，但瓦洛佳在念書方面好極了；他在大學以優異成績完成學業，現在他選擇外國文學作為專業，還聽說正在寫學位論文。他住在軍醫父親的營房裡，雖說已經三十歲了，卻沒什麼個人的財產。索菲雅．利沃芙娜小時候跟他住在不同的公家房舍裡，但還算在同一個屋簷下，因此他經常去找她玩，他們一起學跳舞、講法文；不過當他長大以後，成了英挺又俊美非凡的青年，面對他讓她開始感到害羞，之後就瘋狂愛上他，在她嫁給亞吉奇之前的最後一刻都還愛著。他也超乎尋常地受到女人歡迎，幾乎從十四歲起，一些女士們便為了他而背叛自己的丈夫，還辯解這個瓦洛佳年紀還小。關於他這個人不久前有人講過，好像在他還是大學生的時候，住在學校附近租的房間裡，每次你去敲他的門，經常是這樣的情況，會聽到門後傳來他的腳步聲，跟著是輕聲的抱歉：「對不起，我房裡還有別人。[1]」亞吉奇因為他而振奮起來，像杰爾扎文對普希金[2]一樣祝福他的未來，而且顯然也

[1] 原文用法文「Pardon, je ne suis pas seul」。

[2] 杰爾扎文（G. R. Derzhavin, 1743-1816），俄國古典文學時期的重要詩人、政治家，這裡指一八一五年一月八日的事件，當時未滿十六歲的普希金在沙皇村中學的考試中，在杰爾扎文面前朗誦自己的詩歌創作〈沙皇村的回憶〉，給了他深刻的印象，當場獲得這位文壇老前輩的讚賞與祝福，這是俄國文學史上一個重要的傳承場景，這句話後來演變為類似「承先啟後」的成語。——俄文版編注、譯注

喜歡他。他們倆會花好幾個鐘頭默默打撞球或玩皮克[3]牌，如果亞吉奇搭三頭馬車要去哪裡的話，也會帶著瓦洛佳一起去，瓦洛佳學位論文到底在寫什麼，只有亞吉奇一個人知道。最初，當上校還年輕的時候，他們經常是彼此的情場敵手，但他們從來不吃對方的醋。在社會上他們倆一起出現的地方，亞吉奇被稱為大瓦洛佳，而他的朋友則是——小瓦洛佳。

在雪橇上，除了大、小瓦洛佳和索菲雅．利沃芙娜之外，還有一號人物——瑪格麗特．亞歷山德羅芙娜，大家都叫她：麗塔，她是亞吉奇新婚妻子的堂姊，已經三十多歲的女人，臉色非常蒼白，一雙黑眉毛，戴夾鼻眼鏡[4]，不停地抽紙菸，甚至在寒冬的時候也一樣；她的胸前和膝上總是有菸灰。她說話帶著鼻音，會拖長每個詞的音，態度冷漠，很能喝利口酒和白蘭地，喝多少都不會醉，說起雙關語笑話卻很沒勁又無

[3] 皮克（piquet），一種古老的紙牌遊戲，可能源於法國，在十八世紀風行全歐洲和俄羅斯，使用一副三十二張的牌（拿掉標準牌的2點至6點），規則複雜，是需要花費腦力的牌戲，適合由二位實力相當的玩家進行。

[4] 原文用法文「pince-nez」。

趣。她在家的時候，從早到晚都在讀厚本雜誌[1]，上面也撒滿了菸灰，或者會吃冷凍的蘋果。

「索妮雅[2]，別再發瘋了，」她說。「真是，愚蠢得很。」

靠近城關時，三頭馬車慢下來安靜許多，開始閃現房屋和人群，索菲雅．利沃芙娜也靜了下來，緊緊依偎著丈夫，整個人沉浸在自己的想像中。小瓦洛佳坐在她對面。現在，歡樂輕鬆的念頭伴著陰鬱在她心裡糾纏不清。她想：這個坐在她對面的人，很清楚她愛他，他當然也信了那些閒言閒語，說她是「一氣之下」才嫁給上校。她從來沒對他告白過愛意，也不想要他知道，因此隱藏自己的情感，但是從他臉上的表情看來，他太了解她了——這讓她的自尊心受損。但是以她的情況，更覺得受辱的是，結婚之後這個小瓦洛佳突然關心起她來，這是從前不曾有過的，他會跟她坐上好幾個鐘頭不說話，或者聊一些瑣事，

[1] 指頁數可多達三、五百頁的雜誌，是十九世紀俄國相當風行的期刊出版品類型，內容以文學、政治、歷史為主，由於篇幅適合刊載（或連載）長篇小說，鼓勵了俄國長篇小說的發展和社會問題的議論。這類雜誌的讀者形象是知識青年。

[2] 索菲雅的小名。

而現在在雪橇上，他沒跟她談話，只輕輕踩了踩她的腳，握了握手；看來，他只是要她找個人嫁罷了；本來就很清楚，他瞧不起她，她引他好奇的不過是眾所周知的女人本性，就是女人多麼的壞又不正經。當她心裡的婚姻得意和對丈夫的愛，這下子摻了被鄙視和驕傲受挫的感受，她便滿懷激憤，想去坐上駕駛座，大聲喊一喊，吹吹口哨……

剛好在這個時候，車子經過一間女修道院，傳來一陣千斤大鐘的鳴響。麗塔用手在胸前畫十字。

「這間修道院有我們的奧莉雅。」索菲雅．利沃芙娜說完也畫了個十字，並顫抖了一下。

「她為什麼要去修道院？」上校問。

「因為『一氣之下』，」麗塔生氣地回答，顯然在暗示索菲雅．利沃芙娜和亞吉奇的婚姻。「現在很流行這個『一氣之下』，搞得整個社會騷動不安。她本是個愛大笑的女人，毫無顧忌的風騷女，只愛舞會和情人，突然之間拗了起來——讓人不知道該怎麼辦！她真是令人吃驚！」

「事實不是這樣，」小瓦洛佳說，放下毛皮大衣的領子，露出他漂亮的臉蛋。「這不是『一氣之下』，如果真要說的話，是徹底的慘劇。她的哥哥德米特里，被流放去服苦役，現在不知道人流落到哪裡。媽媽則悲傷而死。」

他再度拉高衣領。

「奧莉雅做得對，」他低聲補充說，「她成了人家的養女，還是跟像索菲雅．利沃芙娜這樣的貴人一起生活──這點是要考慮一下！」

索菲雅．利沃芙娜在他的話中聽出輕蔑的語氣，想對他講難聽話，但是她默不作聲。她再次像先前那樣滿懷激憤，站了起來，哭聲大喊：

「我想去做晨禱！馬車夫，回頭！我想見奧莉雅！」

他們調頭回去。修道院的鐘聲低沉，讓索菲雅．利沃芙娜覺得，其中有什麼地方讓她想起奧莉雅和她的生活。其他教堂也開始鐘響。當馬車夫勒住三頭馬車，索菲雅．利沃芙娜從雪橇上跳出來，沒人陪伴便獨自快步向大門走去。

「請快點！」丈夫對她喊一聲。「已經晚了！」

她步行穿過暗黑的大門，然後沿著大門通往主教堂的林蔭道走，積雪在她腳下咯吱作響，鐘聲已經傳到她頭頂上，似乎滲透了她整個人。來到了教堂門口，三個階梯下去，之後是門廳，兩邊都繪有聖徒畫像，聞到了刺柏和乳香[1]的味道，又一扇門，一個昏暗人影幫她開門，向她鞠躬頭彎得很低……教堂裡儀式還沒開始。一位修女走近聖障[2]，點燃蠟燭放在大燭台上，另外一位則點亮枝形燭台。靠近柱子和側祭壇各處都站著動也不動的昏暗人影。「所以，他們現在就這樣站著，一直到天亮都不能離開。」

索菲雅．利沃芙娜心裡想，她覺得這裡黑暗、冷清又無聊——比在墓園還無聊。她心情煩悶地望著靜止不動的人影，突然間她的心頭一緊。她不知為何認出其中一個身材不高的修女，肩膀瘦小，頭上綁著黑色三角頭巾，那就是是奧莉雅，儘管奧莉雅離家去修道院的那時候還很豐滿，似乎也高一些。索菲雅．利沃芙娜猶豫不決，莫名地激動不已，她走向修女，視線越過她肩膀看到了臉，終於確認是奧莉雅。

「奧莉雅！」她說完兩手一拍，激動得說不出話來。「奧莉雅！」

修女立刻認出她，驚訝地揚起眉毛，她那蒼白、剛梳洗過的乾淨臉龐，高興得喜

[1]　刺柏又稱杜松，其枝葉果實皆帶有清爽松香味，舊時俄羅斯的人相信刺柏有避邪、驅病等功效，會在教堂的天花板或聖像後放刺柏枝；乳香是一種味道芳香的樹脂，常用於宗教儀式。

[2]　聖障（iconostas），俄羅斯正教教堂中位於聖殿與正殿之間的南北向屏障，由連續的多幅聖像畫組成。

笑顏開，甚至連她的白色小頭巾，一如所見，也高興得從三角頭巾底下露出了光彩。

「這是主送來的奇蹟。」她說完，也用自己那雙消瘦又蒼白的小手一拍。

索菲雅．利沃芙娜緊緊擁抱她，親吻她，還擔心這時候可別讓她聞到自己身上的酒味。

「我們剛路過這裡，想起了妳，」她說，似乎是走太快而喘了起來。「妳真是蒼白呀，主啊！我……我非常高興見到妳。喂，怎麼樣？如何？煩悶嗎？」

索菲雅．利沃芙娜環顧一下其他的修女，繼續悄聲說：

「我們那裡變化那麼多……妳知不知道，我嫁給亞吉奇了，弗拉基米爾．尼基季奇。妳記得他嗎？大概記得吧……我跟他在一起非常幸福。」

「嘿，感謝上帝。那妳爸爸身體好嗎？」

「很好。他常想起妳。奧莉雅，假日妳要常來找我們。妳聽到了嗎？」

「我會去，」奧莉雅說完微微一笑。「我隔天就去。」

索菲雅．利沃芙娜自己也不知道為什麼哭了起來，默默哭了一陣子，然後擦擦眼睛說：

「麗塔沒看到妳會很遺憾。她也跟我們在一起。瓦洛佳也在。他們在大門口。要是妳跟他們碰個面，他們不知道會有多高興！我們去找他們吧，反正儀式還沒開始。」

「走吧。」奧莉雅同意。

她畫了三次十字[1]，然後跟索菲雅．利沃芙娜一起出去。

「索妮琪卡[2]，妳是說妳幸福嗎？」當他們走出大門後她問。

「非常。」

「嘿，感謝上帝。」

大瓦洛佳與小瓦洛佳看見修女，從雪橇下來，恭敬地打招呼問候；兩個人見到她蒼白的臉龐和黑色的修道服，面露感動，並很高興她還記得他們而出來打招呼。索菲雅．利沃芙娜為了別讓她冷到了，幫她裹上厚毛圍巾，還用自己的毛皮大衣前襬一端蓋著她。剛才的流淚讓她放鬆，心裡面也清澈了，她很高興這個喧鬧不安而且其實不太乾淨的夜晚，出人意料結束得如此乾淨又溫和。為了要留奧莉雅在自己身邊久一點，

[1] 俄羅斯正教的禮儀，虔誠的信徒進出教堂時要在胸前畫三次十字。

[2] 索菲雅的小名索妮雅的暱稱。

她提議：

「我們帶她去兜兜風吧！奧莉雅，妳坐下，我們就去一下下。」

男人們預期修女會拒絕——因為神職人員是不乘三頭馬車的——但結果令他們吃了一驚，她同意坐上雪橇。當馬車朝城關奔馳而去，所有人默不作聲，只盡量讓她覺得舒適溫暖，每個人都在想，她從前和現在的差別多麼大呀。她現在的臉龐沒有情感、少有表情、冷淡、蒼白又透明，彷彿她的血管裡流的是水而不是血。才不過兩三年前，她還豐滿紅潤，開口總提到追求她的男人，常會因為一點小事就哈哈大笑……

靠近城關時馬車調頭回去，過了十分鐘左右，車停在修道院旁，奧莉雅走出雪橇。鐘樓已經依次敲響全部的鐘。

「天主保佑你們。」奧莉雅說完，便按照修女的方式低頭鞠躬。

「那妳要來喲，奧莉雅。」

「我會去，會去。」

她快步進去，迅速消失在暗黑的大門裡。在這之後，三頭馬車繼續前行時，不知道為什麼氣氛變得憂憂愁愁的。大家都不說話。索菲雅．利沃芙娜覺得全身無力，精神沮喪；剛剛她硬要修女坐上雪橇，跟著一夥酒醉的同伴乘三頭馬車去兜風，這讓她覺得真是愚蠢又不得體，像是褻瀆的行為。她要欺騙自己的想法已經隨著酒醒退去，然而對她來說再清楚不過了，她不愛自己的丈夫，也無法去愛，一切都是胡扯、愚蠢。她嫁給他是算計過的，因為他，照她中學女同學的講法是，有錢得不得了，也因為她害怕成了像麗塔那樣的老處女，還因為她厭倦了軍醫父親，以及也想讓小瓦洛佳後悔。如果她在出嫁前能夠猜想到，這結果會有多麼沉重、可怕又不像樣的話，那她無論如何都不會同意結婚的。但現在你沒法避開這劫數。必須要容忍。

回到家後，索菲雅．利沃芙娜躺在溫暖柔軟的床上，蓋好被子，睡著之前，她想起了暗黑的教堂門廳，乳香的味道和柱子旁的人影，一想到這些人影會動也不動一直站著就讓她覺得可怕。晨禱將會進行很久很久，之後過幾個鐘頭，然後有日禱，又是禱告……

「但上帝可是存在的，想必是存在的，我也一定會死，就是說，遲早必須像奧莉雅那樣思索一下靈魂和永生的事。奧莉雅現在得救了，她幫自己解決了所有的問題……但假如上帝不存在呢？那麼她的人生就完蛋了。怎麼會完蛋呢？為什麼會完蛋？」

沒一分鐘她腦袋裡又冒出一個念頭：

「上帝存在，死亡也一定會來，必須要想一想靈魂的事。假如奧莉雅這一刻將看見自己的死亡，那麼她就不會感到害怕。她準備好了。主要是，她已經幫自己解決了人生的問題。上帝存在……對……但除了去修道院，難道沒有其他的出路嗎？因為去修道院——就表示要拋棄生活，毀掉生活……」

索菲雅．利沃芙娜開始覺得有點害怕，於是把頭埋在枕頭下。

「沒必要去想這個，」她小聲說。「沒必要……」

亞吉奇在隔壁房間的地毯上走來走去，靴後跟的馬刺輕柔地叮噹響，他大概在想事情。索菲雅．利沃芙娜想到，這個人讓她親近又珍惜的理由只有一個：他的名字也叫弗拉基米爾。她在床上坐起來，溫柔地叫一聲：

「瓦洛佳！」

「妳怎麼了？」丈夫應著。

「沒事。」

她再度躺下。好像聽到鐘響聲，或許就是那同一間修道院傳來的，門廳和昏暗的人影又湧上她心頭，關於上帝和不可避免的死亡的念頭也掠過腦海，她摀住頭不想聽到鐘聲。她明白，在衰老和死亡來臨之前，還會持續一段很長很長的生命，日復一日，她非得要忍氣吞聲跟一個她不愛的、這時已經進房躺上床的人親熱，也非得要扼殺內心那股無望的愛慕他人的情感——那人她覺得年輕、迷人又與眾不同。她看了一眼丈夫，想要對他道聲晚安，但沒說出口卻突然哭了起來。她氣惱她自己。

「嘿，唱起哭調來了！」亞吉奇說話時刻意把重音挪到後面。

她終於平靜了下來，只不過拖了好久，快要早上九點了：她不再哭泣，但全身發抖，同時頭開始痛得不得了。亞吉奇匆忙要趕去做晚一點的日禱，在隔壁房間對著幫他更衣的勤務兵發牢騷。他第一次走進臥室，靴後跟的馬刺輕柔地叮噹響，拿了某個東西，然後再一次進房間——已經佩上肩章和勳章，他因為有風溼病走路稍微有點瘸，索菲雅．利沃芙娜不知道為什麼覺得，他走起路來張望的模樣很像是頭猛獸。

她聽到亞吉奇在打電話。

「勞駕您連線到瓦西里耶夫營區！」他說，過了一分鐘後：「瓦西里耶夫營區嗎？請找薩利莫維奇醫生聽電話……」再一分鐘後：「是哪位？瓦洛佳，是你嗎？非常樂意。親愛的，請你叫父親現在來找我們，昨天聚會之後我的妻子覺得很不舒服。你是說不在家嗎？嗯……感謝。很好……感激不盡……謝謝！[1]」

亞吉奇第三次進臥室，俯身向妻子，為她畫十字，把自己的手伸給她親吻（愛他的女人們會親吻他的手，他已經習慣了這點），並且說午餐前會回來。然後他就出門了。

十一點多，打掃的女僕通報弗拉基米爾．米哈伊雷奇來了。索菲雅．利沃芙娜由於疲倦和頭痛而搖搖晃晃，很快穿上那件讓人驚豔、鑲毛皮邊的淡紫色新衣，她匆忙地隨便幫自己梳個頭；她感覺到自己的心底有一股難以言喻的柔情，又高興又害怕得發抖，擔心他會離開。她只想看他一眼就好。

小瓦洛佳來拜訪，精心打扮了一身燕尾服和白領帶。當索菲雅．利沃芙娜走進客廳，他親吻她的手，並真心為她的身體不適感到不捨。然後他們坐下來，他讚美她的衣服。

「昨天跟奧莉雅的會面讓我很沮喪，」她說。「起先我覺得可怕，但現在我羨慕她。她——是一座堅不可摧的山岩，你沒法移開她；但難道，瓦洛佳，她沒有其他的出路

---

[1] 原文用法文「Merci」。

嗎？難道活活地埋葬自己，就是解決人生的問題嗎？這可是死亡，而不是生活。」

回想起奧莉雅，小瓦洛佳面露感動。

「您啊，瓦洛佳，是個聰明人，」索菲雅．利沃芙娜說，「您教教我，教我怎麼做到像她那樣。當然，我不信宗教，也不想去修道院，但畢竟可以做點什麼一樣有用的事。我日子過得不輕鬆，」她沉默一會兒之後繼續說。「您就教教我吧……告訴我可以讓我信服的東西。您就算講句話也好。」

「一句話？好吧：塔拉拉砰皮呀[2]。」

「瓦洛佳，為什麼您看不起我？」她語氣強烈地問。「您對我說話，都是用一些特別的，抱歉我這麼說，用花花公子的腔調，這通常不會對朋友或規矩的女人說。您做學問很成功，您愛科學，但是您為什麼從來不跟我談一談科學？為什麼？我不配嗎？」

---

[2] 這可能是十九世紀末流行在法國咖啡館、歌舞廳的香頌小調歌曲名稱，俄文拼音「tararabumbiya」從法文的「Tha-ma-ra-boum-di-he」而來，事實上這最早是一首英文歌「Tarara-boom-de-ay」。小說文本裡小瓦洛佳用這種不著邊際的輕佻回答，不說真心話，給人一種愛情投機分子的感覺。——俄文版編注、譯注

小瓦洛佳懊惱地皺一皺眉頭，然後說：

「為什麼您這下子突然對科學感興趣了呢？啊，或許您是想要憲法吧？還可能是閃光鱘魚肉配辣根[1]？」

「哼，好啊，我是渺小、糟糕、沒原則又不大聰明的女人……我一錯再錯，我是精神病患，已經被毀了，這是該看不起我。但是，瓦洛佳，因為您大我十歲，而我丈夫大我三十歲。你們是看著我長大的，如果你們願意的話，大可把我變成任何你們想要的樣子，甚至是天使。不過你們……（她的聲音顫抖了一下）卻對我這麼壞。亞吉奇在他老了的時候娶了我，您呢……」

「唉，夠了，夠了，」瓦洛佳坐得靠近一點說，並親吻她的雙手。「我們就讓叔

---

[1] 閃光鱘（Acipenser stellatus）是產於黑海、裡海的珍貴魚種，辣根（Armorácia）是一種十字花科植物的塊根，味道辛辣，可研磨作為料理佐醬，這句是借用作家薩爾蒂科夫－謝德林（M. E. Saltykov-Shchedrin, 1826-1889）批評俄國自由主義人士的話：「不知道想要什麼：是要憲法呢？或是要閃光鱘魚肉配辣根呢？還是要去拐騙誰呢？」——諷刺這種搖擺在憲法與鱘魚肉這兩個比喻精神理想與物質生活之間的人。——俄文版編注、譯注

本華[2]去高談闊論吧，去證明他想要的一切，我們自己來親親這些小手手就好。」

「您看不起我，要是您知道我因為這樣有多麼痛苦就好了！」她早知道他不相信她，因而說得吞吞吐吐。「要是您知道我有多麼想要改變自己重新生活就好了！我是很興奮地思考這些事，」她說出口，也的確興奮得激動落淚。「要當一個好人，要誠實又純潔，不說謊，要有生活的目標。」

「好了，好了，好了，請不要裝模作樣！我不愛！」瓦洛佳說，臉上現出變幻莫測的表情。「實在是，好像在演戲。我們盡本分做人就好。」

為了不要讓他生氣離開，她開始辯解，也為了討好他而勉強笑一笑，她又再提起奧莉雅，又說到她多麼想要解決自己的人生問題，想要成為一個「真正的人」。

「塔拉……拉……砰皮呀……」他輕聲哼唱了起來。「塔拉……拉……砰皮呀！」

忽然間，他摟住她的腰。而她自己不知道該怎麼辦，兩手放在他肩膀上，一時之間內心狂喜，像是著了什麼魔似的，她望著他那聰明又好譏笑人的臉龐、額頭、眼睛、俊美的鬍子……

---

[2] 叔本華（A. Schopenhauer, 1788-1860），德國哲學家，以「悲觀主義哲學」聞名。

「你心裡老早就清楚我愛著你，」她對他告白，難受得臉都紅了，還感覺到由於害臊連嘴唇都顫抖得歪歪斜斜。「我愛你。為什麼你就是要折磨我？」

她閉上眼睛緊緊親吻他的雙唇，久久地，大概有一分鐘，她怎麼都無法結束這個吻，雖然她知道這不成體統，他可能會批評她，僕人也可能會進來……

「啊，你真是折磨我！」她再說一次。

過了半個小時，他得到了他所需要的之後，坐在餐廳裡吃點東西，她跪在他面前，貪婪地望著他的臉，他跟她說，她這樣很像一隻小狗，等著人家丟一小片火腿給她。然後他讓她坐到自己的大腿上，像對小嬰兒一樣搖著她，開口唱：

「塔拉……拉砰皮呀……塔拉……拉砰皮呀！」

當他準備離開時，她語氣激動地問他：

「什麼時候？今天？在什麼地方？」

她兩手就伸向他的嘴前，似乎還想用手去捕捉他的回答。

「今天這大概不太方便，」他想了想說。「要不就明天吧。」

他們就這麼分開了。午餐前索菲雅．利沃芙娜去修道院找奧莉雅，但是那裡的人告訴她，奧莉雅不知道去哪裡為某個亡者朗讀《詩篇》[1]。她離開修道院去找父親，到了家也沒遇到人，然後她換了一輛馬車，開始在大街小巷漫無目的地逛，就這樣遊晃到晚上。不知道為什麼，這時候她想起那位淚眼汪汪、沒找到自己的安身處的姑姑。

夜晚她又乘三頭馬車去遊晃，在郊外的餐廳聽吉普賽人唱歌。每當經過修道院的時候，索菲雅．利沃芙娜都會想起奧莉雅，一想到像她這類的女孩和女人沒有其他出路，她就感到可怕，她們只能不停地乘三頭馬車遊晃，撒謊，不然就是去修道院，扼殺肉體……而隔天還有幽會，之後索菲雅．利沃芙娜又會再單獨乘車上街閒逛，想起姑姑。

一週之後，小瓦洛佳拋棄了她。此後，生活回到從前的樣子，依舊無趣、沉悶，有時甚至痛苦。上校與小瓦洛佳經常花好久時間打撞球和皮克牌，麗塔無趣又沒勁地講笑話，索菲雅．利沃芙娜老是乘馬車閒逛，也會要求丈夫帶她乘三頭馬車出遊。

---

[1] 指《舊約聖經》中的《詩篇》，斯拉夫正教有為亡者朗讀《詩篇》的習慣，從人過世到下葬前這段期間要不間斷地朗讀《詩篇》，作為一種慰靈的儀式。

她幾乎每天去修道院，讓奧莉雅感到厭倦，她對她抱怨自己難以承受的痛苦，經常哭泣，同時她還覺得有某個不乾淨、可憐又疲憊不堪的東西，跟著她一起進了修道房中，而奧莉雅則制式地用一種過來人的教訓口吻對她說：這一切都沒什麼，一切都會過去，上帝會原諒的。

不幸[1]

[1] 本篇原作發表於一八八六年八月十六日的《新時代報》，作者署名「安·契訶夫」。——俄文版編注

索菲雅．彼得羅芙娜，公證人盧比揚采夫的妻子，一位美麗的年輕女人，年紀約莫二十五歲，她和別墅的鄰居——陪審團代理人伊利英，在森林的林間通道上緩緩地走著。這時傍晚四點多。林間通道上方湊攏著毛茸茸的白雲，雲端底下有些地方露出了亮藍色的天空碎片。雲朵停滯不動，彷彿勾住了高聳老松的樹梢。又靜又悶。

遠方，林間通道被一條不高的鐵路路基給截斷，這會兒有一位持槍哨兵不知道為了什麼事沿著鐵路前行。緊靠著這路基的後方亮出了一座宏大的六圓頂教堂，屋頂鏽跡斑斑……

「我沒想到會在這裡遇見您，」索菲雅．彼得羅芙娜說，眼睛望著地下，並用傘末端去撥一撥去年的落葉，「而現在見到了您，我很高興。我必須跟您認真地徹底談談。請您，伊凡．米哈伊洛維奇，如果您確實愛我又尊重我，那麼您就停止追求我吧！您跟在我身後像個影子似的，總是用不懷好意的眼神望著我，您向我告白愛情，寫奇怪的信，還有……我不知道，這一切何時會結束！唉，這一切會導致什麼後果，我的老天哪？」

伊利英不說話。索菲雅．彼得羅芙娜又走了幾步，繼續說：

「我們相識五年來，才不過這兩三個禮拜您卻轉變得這麼劇烈。我就要認不得您了，伊凡．米哈伊洛維奇！」

索菲雅．彼得羅芙娜斜眼看一下自己的同伴。他瞇著眼睛，專注地望著毛茸茸的雲朵。他的表情苦惱、彆扭，心神不寧，一副好像一個人正難受的時候還得要聽廢話的模樣。

「令人驚訝，怎麼這個連您自己都搞不清楚！」盧比揚采娃聳聳肩繼續說。「您要了解，您玩的遊戲不是很高尚。我嫁人了，我很愛而且尊重自己的丈夫……我有個女兒……難道您對這些毫不在乎？除此之外，您作為我的老朋友，是知道我對家庭……對家庭倫理的整體看法……」

伊利英懊惱地唉一聲並嘆口氣。

「家庭倫理……」他嘟囔著。「噯，主啊！」

「對，對……我愛丈夫，尊重他，而且無論如何都會珍惜家庭的安定。我寧可殺死自己，也不要成為安德烈和他女兒不幸的原因……我拜託您，伊凡．米哈伊洛維奇，看在上帝的份上，讓我平靜下來吧。我們像從前那樣當親密的好朋友吧，而這些唉聲嘆氣不適合您，別這樣了。就這麼說定了，結束了！以後再也別說這些了。我們來說些其他的事情。」

索菲雅．彼得羅芙娜又斜眼瞄了一下伊利英的臉。伊利英望著天空，臉色蒼白，氣憤地咬著顫抖的雙唇。盧比揚采娃不明白他是在氣什麼又憤慨什麼，但他蒼白的臉色打動了她。

「別生氣了，我們還是朋友……」她溫柔地說。「您同意嗎？我向您保證。」

伊利英用兩手握起她那小巧圓潤的手，握了一握，緩緩舉到他的唇邊。

「我又不是小孩子，」他喃喃自語。「跟心愛的女人做朋友，我一點都沒興趣。」

「夠了，夠了！就說定結束了吧！我們走到長椅了，來坐一下吧……」

索菲雅．彼得羅芙娜的心裡滿是甜甜的安心感：最困難又最棘手的已經說出口了，惱人的問題搞定了。現在她可以輕鬆休息一下，於是直直望著伊利英的臉龐。她望著他，一股被愛的女人所擁有的那種凌駕於愛人者的自私的優越感，正愉快地撫慰著她。她喜歡這種感覺：這個強壯高大的男人，一臉的剛毅和怒氣，一把烏黑的大鬍子，聰明有教養，而且還像人家說的，是個有才華的人，如今聽話地坐在她身旁，頭低低的。

大概有兩三分鐘他們都靜靜坐著。

「什麼都沒搞定，什麼也沒有結束……」伊利英開口。「您好像照著陳腐的道德訓誡對我宣教：『我愛我丈夫，並且尊重他……家庭倫理……』這一切不用您說我也知道，我還可以跟您說更多。我真心誠意跟您說，我認為我的這個行為是罪惡又不道德。還能再說什麼呢？但何必說這些大家都清楚的事呢？與其用訓話餵養夜鶯[1]，不如您來教教我：我該怎麼辦？」

「我已經跟您說過了：您離開吧！」

「我已經——這點您知道得很清楚——我已經離開過五次，每次都從半路回來！我可以給您看直達車票——它們全都在我這完整無缺。我缺乏的是離開您的意志！我在奮鬥，奮鬥，奮鬥不懈，但這有用才有鬼！要是我不夠堅毅，要是我軟弱又膽怯的話。我沒辦法跟天性鬥！您明白嗎？我沒辦法！我從這裡跑走，它卻抓住我的後襬。卑鄙又下流的軟弱無能！」

[1] 這裡借用俄國諺語，原句為：「用空談（或歌聲、音樂）養不活夜鶯。」——沒有針對問題解決，白忙一場。

伊利英臉紅了，站起身開始在長椅附近來回走動。

「我像隻狗一樣在發怒！」他緊握雙拳埋怨著。「我恨自己，看不起自己！我的上帝，我就像個淫蕩的傻小子追逐別人的妻子，寫愚蠢的情書，我在作賤自己……唉！」

伊利英抓住自己的頭，唉呀一聲，便坐下來。

「況且您也不夠真誠！」他苦惱地繼續說。「假如您不贊成我這不高尚的把戲，那您為什麼要來這裡？是什麼把您拉來這裡？我在自己的信中就只要求您給我一個明確直接的答覆——是或不是，您卻不直接答覆，老想要每天『不經意地』遇見我，拿一些陳腐的道德訓誡給我說教！」

盧比揚采娃嚇了一跳，激動得臉紅了。她突然覺得尷尬，像是所有規矩女人不小心被撞見衣衫不整的時候都會有的感覺。

「您好像是懷疑我這邊在耍您……」她喃喃說著。「我一直都是直接答覆您，而且……而且今天我還有請求您！」

「啊，難道在這種事情上是用請求的嗎？要是您馬上說『走開！』——那我早就不會在這裡了，可是您沒對我這樣說過。您一次也沒直接答覆我。奇怪的猶豫不決！實在是，您要嘛是戲弄我，要嘛就是……」

伊利英沒說完話，用拳頭支著頭。索菲雅．彼得羅芙娜從頭到尾回想一下自己的行為。她想起來，這些日子她不僅在實際上，甚至在自己內心深藏的想法裡也都不贊成伊利英的追求，但同時間她又感覺到這位律師的話中有一份真誠。她不知道，這份真誠有多真，她不管怎麼想，都沒能馬上想出該對伊利英的抱怨回說什麼。沉默會很尷尬，因此她聳聳肩說：

「反倒是我的錯。」

「我不是怪罪您的不真誠，」伊利英嘆一口氣。「我這麼說不是故意，話到嘴邊就出去了……您的不真誠既合情又合理。假如所有人都約定好，突然變得真誠，那大家可就完蛋了。」

索菲雅．彼得羅芙娜沒心思談哲學，但她很高興有機會換個話題，她問：

「這怎麼見得？」

「因為只有野蠻人和動物才真誠。一旦文明給生活帶來了對舒適的需求——比如對女人美德的需求，那這下子真誠就不合時宜了……」

伊利英氣憤地用手杖挖一下地上的沙子。盧比揚采娃聽他說著，很多沒聽懂，但她喜歡跟他說話。她最喜歡的是，一個有才華的男人跟她這個平凡的女人談起了「有學問的事情」；再來是，能看到一個蒼白、生動又憤憤不平的年輕臉龐的表情變化，讓她獲得很大的滿足。很多東西她不懂，但這個現代男人的好膽量她是清楚的，他藉著這份膽量，想也不想，毫不遲疑便解決了重大的問題，並做出最終的結論。

她忽然發現自己在欣賞他，嚇了一跳。

「對不起，但是我不懂，」她連忙說，「您為什麼會說到不真誠？我再次重申我的請求：您就當我的善良的好朋友，讓我平靜下來吧！我真心請求！」

「好，我還要奮鬥下去！」伊利英嘆口氣。「我樂於努力……雖然我的奮鬥未必會有什麼結果。或許我會對自己的腦袋開一槍，又或者……用最愚蠢的方式大醉一場。我在劫難逃了！一切都有其限度，與天性相爭也一樣。您說說看，還能夠和瘋狂爭什麼呢？如果您要喝酒，那您要怎麼去壓抑那興奮的感覺呢？我能怎麼辦？如果您的樣貌已經在我心底滋長，日日夜夜糾纏著我，出現在我眼前，就像現在眼前這棵松樹一樣。嘿，您教教我吧，當我全副心思、願望、夢想皆由不得自己，而任由一個附在我身上的魔鬼擺布，這樣我應該要做點什麼大事才能擺脫這個糟透的不幸處境？我愛您，愛到脫離常軌的地步，我丟下了工作和親近的人，忘記了自己的上帝！我這輩子從來沒有這麼愛過！」

索菲雅．彼得羅芙娜沒預期到有這樣的轉變，她把身子從伊利英身邊挪開，驚恐地看了一眼他的臉。而他的雙眼湧出淚水，嘴唇顫抖，整張臉布滿著有點像是飢渴又像是央求的表情。

「我愛您！」他喃喃說著，將自己的雙眼靠近她那雙又大又驚恐的眼睛。「您是這麼完美！我現在很痛苦，但我發誓，我情願一輩子就這麼坐著，一邊痛苦一邊望著您的眼睛。不過……您別說話，求求您！」

索菲雅．彼得羅芙娜似乎是沒有料到會遭遇這種情況，她要趕快想一些話題來阻止伊利英。「我要走了！」——她決定了，但她還來不及站起身，伊利英就已經跪在她的雙腳前……他抱住她的膝蓋，望著她的臉龐，激情、熱烈又動聽地訴說心意。驚恐又陶醉中，她沒有聽到他說什麼；不知道為什麼，在這個危險的時刻她的雙膝卻愉快地蜷縮著，好似在溫暖的浴盆裡，她有點惡毒地揣摩自己在這些感受中意義。她很氣，因為除了抗議的道德，她全身上下充滿了無力感、慵懶與空虛，像個醉鬼似的，對什麼都不在乎；只在內心深處一小塊偏遠的地方，幸災樂禍地逗弄著：「妳幹嘛不走呢？莫非就應該如此？是嗎？」

她在心裡找尋意義的同時，卻不明白自己怎麼不把手給縮回來，伊利英像隻水蛭似的吸附在她的手上，以致於她跟伊利英同時間連忙看看左右，沒有什麼人看到吧？松樹與雲朵動也不動，嚴肅地觀望，一副老僕人看見胡搞的事，卻又為了錢答應不向主子報告的模樣。哨兵像根柱子似的站在鐵路路基上，也好像在往長椅這邊張望。

「就讓他看吧！」索菲雅．彼得羅芙娜心想。

「但……但是您聽我說！」她終於說出口，語帶絕望。「怎麼會搞成這樣？以後要怎麼辦？」

「不知道，不知道……」他低聲說，揮揮手逃避這些令人不快的問題。

這時可以聽得見火車頭沙沙響又叮叮咚的汽笛音。這種日常生活中平凡單調的不相干的冷漠聲響，卻讓盧比揚采娃全身一振。

「我沒時間……得走了！」她很快站起來說。「火車開來……安德烈要來了！他得要吃飯了。」

索菲雅．彼得羅芙娜別過發紅的臉，面向鐵路路基。起初是火車頭緩緩駛過，之後出現一節節車廂。這列車不是盧比揚采娃以為的開往別墅的客車，而是貨車。長長一串，一節又一節，好像是人類生活的日子，車廂在教堂的白色背景下拖曳而去，似乎沒完沒了！

但這時候，火車終於完全駛過去，最後一節有車尾燈和列車長的車廂消失在林木綠蔭後。索菲雅．彼得羅芙娜看也不看伊利英一眼便急遽轉過身去，沿著林間通道快步往回走。她已經可以自制。讓她羞愧臉紅且感到受辱的並不是伊利英，不是，而是她個人的心虛，自己的不知羞恥，她這麼道德又純潔的人，竟不知羞恥，允許陌生人抱住她的膝蓋，現在她只想著一件事，真想盡快走回自己的別墅，回到家去。尾隨的律師差點跟不上她。她從林間通道轉入一條小徑時，迅速回頭看他一眼，速度快到只看到他膝上的沙子，然後她向他揮手，示意要他別管她。

跑回自己家後，索菲雅．彼得羅芙娜在自己房裡站著動也不動，大概有五分鐘之久，她一下子看看窗，一下子又看看書桌……

「賤女人！」她罵自己。「賤女人！」

她故意對自己發脾氣，不漏掉任何一個細節地回想，這些日子以來她是如何地抗拒伊利英的追求，卻又忍不住被**吸引過去**跟他解釋清楚；何況，當他倒在她跟前哀求的時候，她還感覺到一股不尋常的歡愉。她想起了一切，並不同情自己，現在她羞得要死，真想給自己幾個耳光。

「可憐的安德烈，」她想，要努力想著丈夫好讓自己的臉上盡可能表情溫柔些。「瓦麗雅，我可憐的女兒，她不知道她有個什麼樣的母親啊！原諒我，親愛的！我非常愛你們……非常！」

她希望向自己證明，她還是個賢妻良母，傷害尚未殃及她對伊利英說過的「家庭基礎」，索菲雅．彼得羅芙娜跑到廚房，在那裡對廚娘大喊大叫，責備她還沒給她丈夫擺好飯菜。她努力想像丈夫疲憊飢渴的樣子，大聲說些疼惜他的話，並親自動手準備餐點給他，這是她從前不曾做過的。之後她找來自己的女兒瓦麗雅，把她舉起來，熱情地擁抱；小女孩顯得沉重又冷淡，但她不想對自己承認這點，並開始向她說明，她的爸爸有多麼好，多麼誠實又善良哪。

不過，當安德烈不久回來後，她卻幾乎沒跟他打招呼。一陣陣假裝的感情已經消散，什麼也沒向她證明，她不過是用自己的謊言刺激惹怒了自己。她坐在窗邊，心裡難受又惱怒。只有在困境中的人才能明白，要主宰自己的感情和思想有多麼不容易。索菲雅．彼得羅芙娜事後描述，在她身上發生了「難以釐清的混亂，就像是數不清快速飛行的麻雀一樣」。原因是，比如說，她並不高興丈夫的到來，她不喜歡他用餐時的姿態，她馬上斷定，她內心恨起丈夫來了。

安德烈又餓又累而沒精神，在他等候上湯的時候，就急忙拿了肉腸，貪婪地吃了起來，大聲咀嚼，雙鬢浮動。

「我的上帝啊，」索菲雅．彼得羅芙娜心想，「我愛他尊敬他，但是……為什麼他嚼東西的樣子這麼討人厭？」

心慌之餘往往又越發意亂。盧比揚采娃像所有沒經驗反抗不愉快意念的人一樣，用盡全力設法不去想自己的災難，而她越是費心費力，伊利英卻越是明顯地烙進她的腦海中，他膝上的沙子、毛茸茸的雲朵、火車……

「我這個蠢女人為什麼今天要過去呢？」她心裡難受。「難道我是這種把持不住的女人嗎？」

驚恐的人眼睛瞪得特別大[1]。安德烈吃完了最後一道菜，她已經下定決心：要對丈夫說出一切，要避開危險！

「安德烈，我要跟您認真談一談。」用餐後，他丈夫正脫下常禮服和靴子想躺下休息，她開口說。

「是嗎？」

「我們離開這裡吧！」

「嗯……去哪？要回城裡還早。」

「不，是去旅行，或者類似的事情……」

「旅行……」公證人伸著懶腰含糊不清地說。「我自己也夢想這個，可是去哪找錢呢，還有我的公事要交給誰呢？」

然後他想了一下，補充說：

[1] 俄國諺語，比喻受驚者總是誇大現實處境，看什麼都覺得有危險。

「確實，妳會覺得無聊。如果妳想去，就自己去吧！」

索菲雅．彼得羅芙娜同意了丈夫，但馬上想到，伊利英會很高興有這個機會跟她搭同一輛火車坐同一車廂出遊……她想了想，又看了看自己那飽足但始終沒精神的丈夫。不知道為什麼她的視線停在他的腳上，那雙小巧到幾乎像是女人的腳，穿著條紋襪和鞋子，襪尖還露出了線頭……

窗帘後有一隻嗡嗡響的熊蜂不停地撞著玻璃。索菲雅．彼得羅芙娜望著那線頭，聽著蜂鳴嗡嗡，想像自己出遊……早晚都會跟伊利英面對面[1]坐，他眼睛會老盯著她不放，會氣自己的無能為力，會因為心痛而顯得可憐。他還會稱自己是淫蕩的傻小子，責罵她，扯自己的頭髮，不過，等到天一黑，當乘客睡著或下車時，他便找到機會，跪在她面前，抱住她雙腳，就像那次在長椅的時候……

她忽然清醒過來，發現自己是在幻想……

「聽著，我不要一個人去！」她說。「你應該要跟我去。」

---

[1] 原文用法文「Vis-a-vis」。

「這是幻想啊，索芙琪卡[2]！」盧比揚采夫嘆一口氣。「妳得要認真點，想點可能的事情。」

「你知道怎麼回事你就會去了！」索菲雅．彼得羅芙娜想。

決定無論如何都要離開之後，她感到自己不再有危險；她的心思漸漸平靜下來，她高興起來，甚至允許自己想像一切：無論怎麼夢怎麼想，反正都要離開了！丈夫睡覺的時候，暮色降臨……她坐在客廳彈鋼琴。黃昏時分，窗外熱鬧起來，還有音樂聲，但重要的是──想到了自己的冰雪聰明，搞定了一件麻煩事，終於讓她的心情愉快起來。若是其他的女人──平靜的良心告訴她──處在她這種情況，大概會把持不住，暈頭轉向，而她卻是幾乎羞紅了臉，心裡難受，現在正要避開危險，也或許根本沒有危險！就這樣她被自己的美德與決心感動，甚至照鏡子照了大概有三次。

天黑之後，客人來訪。男士們坐在餐廳裡打紙牌，女士們聚在客廳和露台。伊利英最晚出現。他憂愁、陰鬱，彷彿生病了。他往沙發角落一坐下，整個晚上便不起來了。平常歡樂又多話的他，這次卻一直沉默，皺著眉頭，搔搔眼圈。每當不得不回答某人

[2] 索菲雅的暱稱。

問題的時候，他勉勉強強只動動上唇微笑，語帶怨氣，愛答不答。玩笑話他講了大概有五次，但他的玩笑聽起來卻尖酸又無禮。索菲雅．彼得羅芙娜覺得他快要歇斯底里了。直到現在她坐在鋼琴前，才開始清楚意識到這個不幸的人不是在開玩笑，他心裡有病，坐立不安。為了她，他斷送掉自己的事業和青春的大好時光，浪費掉最後一點錢來別墅，丟下母親與姊妹不管，最慘的是——他跟自己苦苦地鬥到疲倦不堪。單單就人情世故來說，也應該要認真對待他才是……

她清楚意識到這一切，心都痛了，假如這時候她走到伊利英身邊，跟他說：「不行！」那麼，她的聲音就會有一股使人難以違背的力量。但她沒有走過去，也沒說那句話，更沒再想這件事情……年輕人天性中的小氣與自私，似乎從來不會像今晚在她身上表現得這麼強烈。她意識到，伊利英是不幸的，他坐在沙發上，就像在木炭上似的焦急不安，她為他感到難過，不過與此同時，有個愛她愛到痛苦不堪的人在場，她也滿心得意，感受到自己的魅力。她感覺到自己年輕美麗、難以高攀——而且幸好她決定要離開！——所以這晚她要順著自己的心意。她賣弄風情，不停哈哈大笑，唱起歌來別有一番情感，熱情奔放。一切都讓她歡樂，一切都讓她感到可笑。想起那次在長椅旁的相會，想起那位在遠處觀望的哨兵，都讓她感到可笑。客人們和伊利英的無禮玩笑話，以及他領帶上一只她從未見過的裝飾別針，都讓她感到可笑。別針的造型是一隻紅色的蛇，眼睛鑲了寶石。這隻蛇讓她覺得可笑到真想要去親親它。

索菲雅．彼得羅芙娜激動地唱著情歌，帶著一種半醉的激昂聲調，又彷彿嘲弄著別人的悲哀，她挑選一些愁悶的、憂鬱的歌曲，其中有說到喪失希望，說到過去，說到年老……「年老總是越來越近……」——她唱著。那年老又關她什麼事了？

「似乎，我身上有些不太對勁……」在笑聲和歌聲之間她偶爾暗想。

客人在十二點散去。伊利英最後一個走。索菲雅．彼得羅芙娜情緒還很激昂，送他到露台的最下一層階梯。她想要告訴他，她準備要跟丈夫離開，還想看看他聽到這消息後的反應如何。

月亮躲在雲後面，但已經夠亮，讓索菲雅．彼得羅芙娜看得到風是怎麼擺弄他大衣的下襬和露台的帷幔。她也清楚看到，伊利英的臉色多麼蒼白，他努力撇了撇上嘴唇想要微笑一下……

「索妮雅，索妮琪卡……我親愛的女人！」他喃喃道，阻止她說話。「我可愛的，親愛的！」

他滿腔柔情迸發，話中帶著哭聲，向她傾訴甜言蜜語，一個比一個更溫柔，還用「**妳**」暱稱她，像對妻子或情人那樣。出乎她的意料之外，他突然一手摟住她的後腰，另一隻手抓住手肘。

「親愛的，我的美人兒……」他低聲說，親吻她的頸背，「妳要誠實一點，現在過來我這裡吧！」

她掙脫了他的懷抱，抬起頭來想表達氣憤，發洩怒氣，但是怒沒發成，她那些備受讚揚的美德和純潔只夠讓她說出一句話，就是所有平凡女人在這種情況下會說的：

「您瘋了！」

「真的，我們走吧！」伊利英接著說。「現在，還有那時候在長椅附近，索妮雅，我確信您也是像我一樣這麼無力……您逃也逃不掉的！您愛我，現在您跟自己的良心討價還價是沒用的……」

他看到她要走開，便抓住她的花邊衣袖，急忙說：

「不要今天，那就明天吧，不然妳會退縮的！大好時機幹嘛還拖拖拉拉？我親愛的，可愛的索妮雅，判決已經宣讀了，幹嘛還不行動？何必欺騙自己？」

索菲雅．彼得羅芙娜從他身邊掙脫，鑽進門去。她回到客廳，無意識地闔上鋼琴，久久望著樂譜上的小花紋飾，然後坐下。她沒法好好站，也沒法好好想……在興奮和情緒激昂過後，她那裡只剩下可怕的軟弱，外加倦怠又煩悶。良心低聲叨念著她，在過去的這晚，她的行為不檢點又愚蠢，像個陶醉在戀愛中的小女孩，剛剛她在露台上跟人擁抱，甚至到現在她還感覺到，腰間手肘旁好像還留著某種令人害臊的觸感。客廳裡一個人都沒有，只燃著一枝蠟燭。盧比揚采娃坐在鋼琴前的圓凳上，動也不動，等待著什麼。然後，一股沉重又難以壓抑的欲望，彷彿趁著她極度疲憊不堪，趁著黑暗，向她襲來。它像隻蟒蛇，纏住她的肢體和心靈，一分一秒越脹越大，它已經不像以前那樣只是嚇唬，而是有一個清晰的輪廓赤裸裸地亮在她面前。

她坐了半個小時，不動也不阻止自己去想伊利英，之後懶洋洋地起身，勉強慢步回臥室。丈夫安德烈已經在床上。她坐在一扇開窗的旁邊，順從了自己的欲望。腦中的「混亂」已經不再，所有的感覺和想法，和睦地匯集在一個清晰的目的周圍。她本來試圖要抵抗，但馬上揮揮手，算了……她現在已經明白，敵人是多麼強大又堅定不移。要抵抗它，就得夠有力量也夠堅強，而她的出生、教養和生活方式，並沒有給予任何她能夠依靠的東西。

「不道德！惡劣！」她不斷責罵自己的軟弱。「看看妳就是這樣女人嗎？」這種軟弱的性格玷汙了她的端莊，她氣得用盡各種只要是她知道的罵人的話來痛罵自己，還對自己說了許多刻薄、難聽的話。比如，她對自己說，她從來就不是一個道德的人，以前沒墮落只因為沒有藉口，她一整天的抵抗是遊戲，是裝模作樣……

「如果說，我抵抗過，」她想，「但這是哪門子的抵抗！賣身的人在被賣掉前會抵抗，儘管終究會被賣掉。好一個抵抗：像牛奶一樣，一天之內就縮成了一團！一天之內！」

她揭穿自己，把她拉出這房子的並不是感情，也不是伊利英這個人，而是前方等待她的那種感受……好一個別墅區的放蕩太太，這種人多得是！

「母親被殺死在雛鳥旁[1]……」——窗外有個沙啞的男高音在唱著。

[1] 此為格林卡的歌劇《為沙皇獻身》（又名：《伊凡．蘇薩寧》）中第三幕瓦尼亞詠嘆調的開頭。——俄文版編注。

「如果要走，那該是時候了。」索菲雅．彼得羅芙娜想到。她的心突然猛烈跳動。

「安德烈！」她幾乎大喊一聲。「聽我說，我們……我們要走了嗎？是嗎？」

「欸……我不是跟妳說過：妳自己去吧！」

「不過你聽我說……」她說，「如果你不跟我去，那你可能會失去我！我好像已經……愛上了別人！」

「愛上誰？」安德烈問。

「對你來說，愛上誰應該都不重要吧！」索菲雅．彼得羅芙娜大叫一聲。

安德烈坐起身，雙腳垂下床邊，驚訝地望著妻子的暗淡身形。

「幻想！」他打了個哈欠。

儘管沒法相信，但他還是很驚訝。他思索了一下，問了妻子幾個無關緊要的問題後，發表一番自己對家庭、對背叛的看法……他沒精打采說了大概十分鐘就躺下。他的精神訓話並不成功。這世上有許多看法，其中有整整一半是屬於沒遭遇過不幸的人們！

雖然很晚了，窗外依舊可見別墅度假客走動。索菲雅．彼得羅芙娜給自己套上一件輕薄外衣，站了一下，想了一下……她還有足夠的決心對睡夢中的丈夫說：

「你睡了嗎？我去走一走……想跟我去嗎？」

這是她最後的希望。她沒得到回應，於是離開了。外面有風，空氣清新。她沒感覺到風，也不覺得暗，只是一直走呀走……有一股難以遏止的力量驅使著她，似乎，她一停下腳步，背後也會有什麼在推著她向前。

「不道德！」她不自覺喃喃念著。「惡劣！」

她快喘不過氣來，臉羞得發燙，感受不到自己的腳步，然而，推著她向前的那股力量越來越強，勝過了她的羞恥心、理智和恐懼……

關於愛情

[1]

[1] 本篇原作發表於一八九八年的《俄羅斯思想》雜誌第八期，標題前標有：「三」，作者署名「安東·契訶夫」；標題的編號三指此作是契訶夫的小型三部曲的第三部，前兩部為〈套中人〉、〈醋栗〉，三部曲的內容以三位友人對話中的故事串連起共同的主題——「被套住的生活」，其中的中學教師布爾金講述第一部的故事，獸醫伊凡·伊凡諾維奇講第二部，地主阿柳興講第三部。此外，與契訶夫通信多年的女作家阿維洛娃（L. A. Avilova, 1865-1943）聲稱，〈關於愛情〉中的戀愛情節讓她想起契訶夫與她之間的故事，還說契訶夫曾在給她的信中具名阿柳興，但這封信並沒有留下來，她過世後出版的回憶錄小說《我生命中的契訶夫》（1947）非常受歡迎。——俄文版編注

第二天，早餐端來了非常美味的餡餅、螯蝦和羊肉餅；我們還在吃的時候，廚師尼卡諾爾走上來詢問客人午餐想要吃什麼。這個人中等身材，胖臉，小眼睛，刮過鬍子，他的唇髭看起來不是用刮的，而是用拔的。

阿柳興說漂亮的佩拉吉雅愛上了這個廚師。由於他是個酒鬼，脾氣又衝，因此她不想嫁給他，但同意就這樣湊合著。可他是個非常虔誠的人，宗教信仰不允許他這麼過生活；他要求她嫁給他，否則他就不想要她了，他會在喝醉時罵她，甚至還打她。每當他喝醉的時候，她就跑到樓上躲起來痛哭，那時候阿柳興和僕人便不會離開屋子，好在必要的時候保護她。

大家開始談論關於愛情這件事。

「愛情是如何發生的，」阿柳興說，「為什麼佩拉吉雅不去愛其他哪個在心靈和外表上都更契合她的人，偏偏要愛上尼卡諾爾這個醜八怪，這裡我們全都叫他醜八怪——在戀愛中個人幸福的問題到底有多重要——完全不得而知，這一切不管怎樣說都好。從古到今，關於愛情只證明了一個無可爭辯的真理，就是『這是極大的奧祕』[1]，而其他的一切，不管是寫下的或說過的愛情，都是無解的，只是提出了問題，還是那種不可解的問題。因此就算有一個似乎符合某種情況的解釋，也不符合其他十種，就我看來，最好的方式——對每一種情況都個別解釋，不要一概而論。就像醫生說的，每個案子都別處理。」

「完全正確。」布爾金同意。

「我們俄國的正派人士，特別偏好這種懸而未決的問題。通常人們會賦予愛情詩意，用玫瑰、夜鶯來美化愛情，而我們俄國人卻用這些致命的問題來美化愛情，而且還從中選一些最無趣的問題。當我還是大學生的時候，我在莫斯科有一個生活伴侶[1]，是個可愛的女士，每次我擁抱她的時候，她總在想我一個月會給她多少錢，還有現在一磅[2]牛肉賣多少錢。我們男人也是，戀愛的時候總會不斷給自己出問題：這對還是不

---

[1] 語出《新約聖經．以弗所書》（5．32）：「這是極大的奧祕」（和合本）——這個章節在談夫妻相處相愛之道；通常在斯拉夫正教婚禮上會宣讀這段話。

[1] 指妻子，這裡是一種玩笑的稱呼。

[2] 此處指俄磅，一俄磅等於四〇九．五公克。

對呢？聰明還是愚蠢呢？這愛會有什麼結果呢？諸如此類的問題。這樣好或不好，我不知道，但這會礙事，讓人不滿意，惹人生氣──這我倒清楚。」

看起來，他像是有事要說。孤單生活的人，心裡總是有什麼想要說的。城市裡的單身漢會特意去澡堂去餐廳，只為了說說話，偶爾跟澡堂夥計或跟餐廳侍者說些非常有趣的故事，在鄉下呢，他們通常會在客人面前吐露心事。現在從窗戶望出去，看得見灰色的天空，以及被雨水淋溼了的樹林，這樣的天氣無處可去，除了聊聊天、聽聽故事之外，就沒別的事可做了。

「我在索菲諾住下來，而且務農已經很久了，」阿柳興開始說，「從我大學畢業那時候起。我受的教育，讓我不習慣粗活，喜歡泡在書房裡，但當我來到這裡的時候，家族領地已經負了一筆很大的債務，由於我父親負債有很大一部分是花費在我的教育上，所以我決定在沒還清這些債務之前，我不會離開這裡，要留下來工作。我決定了就這麼工作起來，我承認，多少不無厭惡。這裡的土地產出不多，為了減少農業損失，就需要用到農奴或雇農的勞力，這幾乎沒什麼兩樣，不然就是照農民的方式去經營農業，也就是說，自己和家人都要下田地工作。這裡沒有折衷的辦法。但是我那時候沒有深入研究這些細節。我沒給土地留下一點點喘息的空間，我從幾個鄰村把所有的壯丁和村婦都找過來，我這裡的工作就熱烈地展開；我自己也去耕地、播種、割草，同時卻又覺得煩悶，會嫌惡地皺眉頭，像在鄉下餓到去吃菜園裡的小黃瓜的貓；我渾身發痛，我連走路的時候都可以睡覺。起初我以為，我可以輕鬆地協調這種勞動生活和自身的文化習氣；我那時以為，只要讓自己依循生活中既有的表面規則就好。我搬到這裡樓上的主臥房住，然後就過起這樣的生活，在用過早餐和午餐之後，讓人給我送來咖啡和利口酒，晚上躺下睡覺前，閱讀《歐洲通報》[1]。但是有一回來了一位我們的老兄，是神父伊凡，他一下子便喝光了我全部的利口酒；《歐洲通報》也被拿走給牧師的女兒們了。也是因為夏天的時候，特別在割草季節，我常常沒來得及回到我的床鋪，便倒在棚屋的雪橇裡或是守林人的哨所裡睡——這樣哪還顧得上閱讀呢？漸漸地，我便往樓下走動，開始在僕人的廚房吃午餐，昔日闊綽的生活到現在只剩下一位服侍過我父親的女僕，要開除她我可不忍心。

「在這住的頭幾年，我就被選為榮譽調解法官。偶爾必須到城裡參加代表大會和

[1] 《歐洲通報》（Vestnik Evropy）是當時溫和自由主義傾向的刊物，內容以歷史、政治、文學為主。

地方法院的審訊，這反倒讓我能解解悶。要是你在這裡住上兩三個月不去別處，尤其在冬天，那你最後就會開始懷念起黑色常禮服了。而在地方法院裡會看得到常禮服、官制服和燕尾服，都是律師和受過同樣教育的法律人士，跟誰都可以聊幾句。在雪橇裡睡覺、在僕人廚房裡吃東西慣了之後，這時候能坐上扶手椅，穿乾淨的內衣、輕便的皮鞋，胸前掛著懷錶鏈子——這真是太棒了！

「在城市裡大家親切地接待我，我也樂意結交朋友。在所有認識的人之中，最重要的，說實在話，對我來說也最愉快的，就是結識盧岡諾維奇，他是地方法院的副庭長。你們倆都認識他：是最可愛的一個人。這剛好是在著名的縱火犯事件之後，法院審理持續了兩天，我們都疲憊不堪。盧岡諾維奇望著我說：

「『您看怎麼樣？一起到我家吃午飯吧。』

「這令人意外，因為我跟盧岡諾維奇並不熟，只有公事上的往來，我一次也沒去過他家。我匆匆回旅館房間一下，換好衣服就過去吃飯。在那裡我有幸認識了盧岡諾維奇的太太安娜．阿列克謝耶芙娜。那時候她還相當年輕，不到二十二歲，半年前剛生下第一個孩子。已經是過去的事了，我現在很難確定，她身上到底有什麼非比尋常的特點，讓我如此地喜歡，但吃午餐的那時候，對我來說卻是清晰無比；我見到了一位年輕、美麗、善良、知性又迷人的女性，是我從前不曾遇過的；我馬上感覺到，在她身上有一股親切、早已熟悉的特質，正是這張臉、這雙和藹又聰明的眼睛，早在我童年時候就已經看過，就在那本放在我母親斗櫃上的紀念冊裡。

「在縱火案件裡四位猶太人被判有罪，被認定是同夥，在我看來是毫無根據的。吃飯的時候我非常擔心，我感到沉重，已經不記得我說了什麼，只記得安娜．阿列克謝耶芙娜一直搖頭，跟先生說：

「『德米特里，這怎麼會這樣呢？』

「盧岡諾維奇是個好人，是那種會堅持己見的老實人，認為人一旦落入了法庭，那麼就表示他有罪，要是對判決的正確性有所懷疑，一律得透過法律程序提出書面申請，絕不可以在吃飯的時候和私人談話中表達。

「『我和您沒有放火，』他溫和地說，『所以我們沒有被審判，沒有被抓進監牢。』

「夫妻兩人一直努力要讓我多吃點多喝點；從一些小地方上，比如，他們倆會一起煮咖啡，或者他們話還沒說完便彼此會意，我可以斷定他們生活得和睦順遂，而且很好客。吃過飯他們倆四手聯彈鋼琴，之後天黑了我就回自己住處。這是在初春時分的事。後來我整個夏天都只待在索菲諾，我甚至無暇想到城市，但那位身材勻稱、髮色淺褐的女人卻天天縈繞在我的回憶裡；我沒有去想她，彷彿是她那輕盈的身影印在我的心底。

「秋末，城市裡有一齣慈善義演的戲。一走進省長的包廂（幕間休息時間我受邀過去），我看到——在省長夫人旁邊的是安娜．阿列克謝耶芙娜，又是同樣令人無法抗拒的、耀眼的美麗印象，可愛溫柔的雙眼，又是同樣親切的感覺。

「我們比鄰而坐，後來走去休息室。

「『您變瘦了，』她說。『您生病了嗎？』

「『對。我的肩膀受了點寒氣，一到下雨天我就會睡得很糟。』

「『您看起來沒精神。春天您來吃飯的那時候，您顯得年輕活潑許多。您那時朝氣蓬勃，話很多，非常有趣，坦白說，我甚至有點迷上了您。不知道為什麼我常常在夏天這段期間時時想起您，今天我打算來劇院的時候，就覺得我會看到您。』

「她說著，笑了起來。

「『但是您今天看起來沒精神，』她又說一次。『這會讓您顯得老。』

「隔天我到盧岡諾維奇家吃早餐，他們吃完飯後便去自己的別墅，要安排在那裡度冬的事，我也跟他們一塊去。之後我又跟著他們回到城裡，半夜時我還待在他們那裡喝茶，在寧靜的家庭環境中，當壁爐點燃，年輕的媽媽會時不時走過去看一看她的小女兒睡著了沒。在這之後，每當我進城到這附近，我一定會去盧岡諾維奇家。他們習慣了我，我也習慣了他們。我常常不經通報就進去，像是他們自己家人一樣。

「『是誰？』從遠處房間傳來拖長的話聲，對我來說是多麼美好。

「『是帕維爾．康斯坦季內奇，』女僕還是保母應答。

「安娜．阿列克謝耶芙娜出來到我面前，一臉的擔憂，每次都會問：

「『為什麼您這麼久沒過來？發生了什麼事嗎？』

「她的眼神，她那伸向我優雅又高貴的手，她的居家服裝、髮型、說話聲和腳步聲，每次都引起我心中同樣的感覺，某種新鮮的、我生命中非比尋常而且重要的意義。我們聊得很久，也會各想各的沉默許久，不然就是她為我彈奏鋼琴。要是他們不在家，我會留下來等，跟保母講講話，跟小孩子玩耍，不然就是躺在書房的土耳其沙發上讀報紙，當安娜．阿列克謝耶芙娜回來後，我會去前廳迎接她，幫她拿所有採購回來的東西，不知道為什麼我每次拿著這些東西都帶著一種愛意，帶著那種像小男孩似的得意歡欣。

「有句諺語說：女人沒事做，豬崽買來忙[1]。盧岡諾維奇一家沒事好操心，他們就跟我交朋友。如果我很久沒去城裡，那就表示我生病了，或是我發生了什麼事，他們倆便會非常擔心。他們擔心我這麼一個文化人，懂得幾種語言，不去從事科學或文學工作，卻住在鄉下，像隻踩著輪子轉的松鼠似的，做很多事，但收入卻總是很少。他們覺得我在受苦，如果我說話、笑、吃飯，那只是為了要隱藏自己的痛苦，甚至在歡樂時，當我心情好的時候，我都會感覺到他們用好奇的眼光望著我。當我真的心情沉重時，他們會特別感同身受，比如說有哪個債主來逼得我很緊，或者錢不夠付定期款子的時候，夫妻兩個人，會在窗戶旁低聲細語，然後先生到我面前一臉認真地說：

「『帕維爾．康斯坦季內奇，如果您現在需要用錢，我跟我太太請您別客氣，跟我們拿吧。』

[1] 意為沒事找事做。

「他緊張得耳根都紅了。經常還有這種情況，他仍是那副模樣在窗戶旁低聲討論完，然後走到我面前，耳根發紅地說：

「『我跟我太太懇請您接受我們這點禮物。』

「於是他送了我一些領釦、菸盒或燈，而我從鄉村寄給他們打獵捕獲的野禽、奶油和鮮花作為回報。順便一提，他們兩位都是有錢人。當初我常向人借錢，只要哪裡有我就去借，不特別挑剔，但是我從來沒想過要去跟盧岡諾維奇家借。可是何必談這些呢！

「我不開心。在家裡，在田地上，在棚屋裡，我都想著她，我努力去了解這個年輕、美麗又聰明的女人的祕密，她怎麼會嫁給一位無趣的人，幾乎是個老先生（他先生超過四十歲了），還跟他有了孩子——我還努力去了解這個無趣的人、好人、老實人的祕密，他老用那種死板的思維模式發表議論，在舞會或晚會上，他老跟在重要人士身邊，卻是無精打采，顯得多餘，表情謙卑冷漠，彷彿他是被人帶來這裡賣的，但他還是相信，自己有權變得幸福，有權跟她生孩子。我努力想要去了解，為什麼她遇見的偏偏是他，而不是我，又為了什麼我們的生活非得要發生這種可怕的錯誤。

「每次到城裡，我都會從她的眼神裡看到，她是在等我；她自己也承認，從一大早她就有一股特別的感覺，她猜我要過來。我們久久地談話，久久地沉默，但是我們沒對彼此坦白我們的愛意，而是羞怯又嫉妒地隱藏這份愛。凡是會洩漏我們祕密的，都令我們害怕。我愛得溫柔又深刻，但是我反覆思索，並問自己，如果我們無法抗拒愛情的話，我們的愛會有什麼結果呢？我難以想像，我這份靜靜的、憂傷的愛情突然間莽撞地阻斷了她丈夫、小孩和這屋裡一切的幸福生活，而我在這裡是多麼受到愛護，又多麼受到信任。這樣做是否正確呢？她會想要跟我走，但是要去哪裡？我又能帶她去哪裡？如果我有一個美好有趣的生活，比如說，要是我為祖國自由奮鬥過，或者我是個知名的學者、演員、藝術家，那就是另外一回事了，不然也只是將她從這一個普通、平凡的環境中帶到另一個同樣普通或更加平凡的環境去。而我們的幸福又能持續多久？如果我生病、死了，或如果只是我們彼此不再相愛，那時她要怎麼辦呢？

「而她，看起來也在思考類似的問題。她想到丈夫、孩子，還有視她丈夫如己出的母親。如果她順從自己的感情，那麼就得撒謊，不然就說實話，而以她的處境，無論哪一種方式都同樣可怕又難堪。還有個問題讓她苦惱：她的愛情能不能帶給我幸福？

她的愛情是否會把我那沉重、充滿各種不幸的生活弄得更複雜？她覺得，她對我來說已經不夠年輕，也不夠勤勞能幹到足以開創新生活，她還經常跟丈夫談到，說我應該找一個聰明又相配的女孩結婚，當我好主婦和好幫手——不過她又立刻補一句說，全城裡面恐怕找不到這樣的女孩。

「就這樣過了好幾年。安娜．阿列克謝耶芙娜有了兩個孩子。每當我來到盧岡諾維奇家，女僕和藹地微笑，小孩大聲喊著：『帕維爾．康斯坦季內奇叔叔來了』，然後跳上前抱住我的頸子；大家都快樂。他們不明白，我心裡是怎麼想的，還以為我也很快樂。大家把我看成是一個高尚人。大人小孩都覺得，有一個高尚的人進出他們的屋裡，這讓他們看待我的時候更添了一股奇特魅力，彷彿在我出現的時候，他們的生活變得更清新更美好了。我和安娜．阿列克謝耶芙娜會一起去劇院看戲，每次都散步過去；我們都坐在一起，肩碰肩，我默默地從她手中接過望遠鏡，那一刻我感覺到，她與我如此親近，她是我的，我們無法失去彼此，但是，又會因為某種莫名奇妙的誤會，使得我們每次出劇院道別之後，便像陌生人似的各走各的。城裡已經對我們議論紛紛，天曉得在說什麼，但他們所說的，沒有一句話是真的。

「最近幾年，安娜．阿列克謝耶芙娜開始更常回娘家，不然就是去找姊姊；她心情惡劣，意識到自己對生活感到不滿，覺得糟糕，這時候不管是丈夫或小孩她都不想見。她已經神經衰弱到去看醫生了。

「我們沉默，始終沉默，有旁人在場的時候，她會試著好像要反常地激怒我；無論我說什麼，她都不同意我，如果我爭論，那她就一直反對我。當我失手掉了什麼東西，她就會冷冷地說：

「『恭喜您啊。』

「如果跟她去劇院，我忘記帶望遠鏡的話，之後她就會說：

「『我就知道您會忘記。』

「不知道是幸還是不幸，我們的生活沒有不會結束的事情，只是遲早罷了。離別的時刻來臨，因為盧岡諾維奇被指派為西部某個省的法院庭長。家具、馬匹和別墅都必須要賣掉。當我們前往別墅，回程時頻頻張望，要看花園和綠意的屋頂最後幾眼，大家心情變得憂鬱，我便了解到，這時候要道別的不只是別墅。事情已經定了，八月底我們先送安娜·阿列克謝耶芙娜去克里米亞[1]，醫生吩咐要她過去，盧岡諾維奇稍後會帶孩子去西部的省工作。

「我們一大群人為安娜·阿列克謝耶芙娜送行。當她跟丈夫小孩道別後，月台要敲第三聲鈴響之前，我跑進車廂找她，拿一個她差點忘記的籃子，我幫她搬到行李架上；而且我也需要跟她道別。在車廂裡我們的目光交會，給了我們兩人心靈上的力量，我擁抱她，她的臉緊貼著我的胸膛，開始淚留滿面；我親吻她的臉、肩膀、淚溼了的手臂——噯，我和她是多麼不幸啊！——我對她告白自己的愛，在內心的劇痛下我了解到，妨礙我們去相愛的一切是多麼沒必要、微不足道又多麼虛假。我了解到，當你戀愛時，必須從最高、最重大的角度，大過世俗意義的幸福或不幸、罪過或美德去思索這份愛，不然就根本不要去想。

「我最後一次親吻她、握她的手，然後我們就分別了——永遠。火車已經開動。我坐在隔壁的車廂——那時它是空的——我坐在那裡哭到下一站。之後我走路回索菲諾的家去……」

[1] 這裡是知名的療養度假地，文中指安娜的身心狀況不好，須要療養。

阿柳興還在說的時候，雨已經停了，太陽出現。布爾金與伊凡．伊凡諾維奇走出去到陽台；從這裡可以看到花園，還有陽光閃爍如鏡的水面美景。他們欣賞著，同時也憐惜這位有一雙善良聰慧眼睛的人，他對他們坦誠訴說往事，他確實在這個廣大的領地上，像隻松鼠一樣踩輪子打轉，不去做科學或其他能夠讓他生活愉快點的事情；他們想到，當他在車廂裡跟她道別，親吻她的臉頰肩膀時，那位年輕女士的臉龐該有多麼悲痛啊。他們兩人都在城裡見過她，布爾金甚至還認識她，覺得她很美。

帶閣樓的房子（藝術家的故事）[1]

[1] 本篇原作發表於一八九六年的《俄羅斯思想》雜誌第四期，作者署名「安東．契訶夫」。一八九五年十一月二十六日作家給莎弗羅娃（E. M. Shavrova, 1874-1937）的信中提到這篇故事：「我現在在寫一篇小故事：〈我的未婚妻〉。我曾經有個未婚妻……名叫蜜秀斯。我非常愛她。我正在寫這個。」關於小說的場景與愛情描寫，主要牽涉到兩個部分，一是契訶夫一八九一年在博吉莫沃村（Bogimovo）度夏時的見聞，二是一八九五年友人畫家列維坦（Isaac Levitan, 1860-1900）在特維爾省的戈爾卡（Gorka）莊園發生的愛情事故——契訶夫前來處理列維坦因多角戀愛而「試圖自殺」未遂的善後（這部分後來在《海鷗》中有更多的情節發展）。——俄文版編注、譯注

1

大概六、七年前，那時候我住在T省[1]的一個縣裡，在地主別洛庫羅夫的莊園，他是個年輕人，非常早就起床，經常一身輕便外套四處走，每晚喝啤酒，並且老是跟我抱怨，說他從來沒在任何地方或在任何人那裡得到過同情。他住在花園裡的廂房，而我住在莊園老宅的主屋，一個有列柱的寬闊大廳裡，除了一張我用來睡覺的大沙發外，沒有其他家具，另外還有一張可以讓我擺開帕西揚斯[2]紙牌的桌子。那裡，甚至天氣平

[1] 可能是與畫家列維坦事故有關的特維爾省（Tver），或靠近博吉莫沃村的圖拉省（Tula）。——俄文版編注

[2] 名稱從法文的「patience」（耐心之意）而來，一種單人或雙人的紙牌遊戲，規則與「接龍」類似，當時還可用來占卜。

靜時，在那老舊的阿莫索夫暖爐[1]裡也好像有什麼東西嗚嗚作響，而打雷下雨時整棟房子會顫動，好像就要迸裂解體，尤其在夜晚，當十扇大窗全數突然間被閃電打得光亮的時候，是真有點可怕。

我命中注定要閒散過活，便壓根什麼事都不做。我會一連好幾個鐘頭看窗外的天空、鳥兒、林蔭道，閱讀所有人家寄給我的東西，或者睡覺。偶爾我會走出家門，到處閒逛到深夜。

有一次在回家的路上，我無意中誤入某個陌生的莊園。太陽已經隱沒不見，夜晚的暗影拖曳在開花的黑麥田上。兩排密植相當高大的老雲杉，聳立得像是兩面連綿不斷的牆壁，形成一條沉鬱美麗的林蔭道。我輕易爬越籬笆，沿著這條林蔭道走，在鋪有一寸[2]厚的杉樹針葉地面上，走起路來很滑腳。那時候寧靜，昏暗，只在高高頂端的某些地方閃動著亮金光芒，還有在蜘蛛網上漫淌著七彩霓虹。針葉的氣味濃烈滯悶。

---

[1] 一八三〇年代由阿莫索夫（N. A. Ammosov, 1787-1868）將軍所發明的一種氣動式暖氣設備。——俄文版編注

[2] 此處指俄寸，一俄寸等於四．四公分。

然後我轉往長長的椴樹林蔭道。那裡也是一片荒蕪老舊，腳底下去年的樹葉憂傷地簌簌沙沙，暮色中林木縫隙裡的陰影遮遮掩掩。向右轉去，在一個舊果園裡，有一隻黃鸝鳥嗓音微弱，不太情願地鳴唱，應該也是隻老鳥了。不過椴樹到這裡就沒了；我經過一棟白色房子，帶有露台和閣樓，我面前忽地展開一片風景，那是舊時貴族風格的院子，一池大水塘，附設浴棚，叢叢柳樹綠意盎然，一座村莊落在對岸，高窄的鐘樓上十字架閃耀，映出日落餘暉。這一瞬間，某種親近又非常熟悉的魅力喚醒了我，彷彿我小的時候就曾看過同樣的這幅景象。

在白色的石頭大門旁，有一條從院子通往田野的路，在那陳舊堅固、有獅子雕塑的門邊，站著兩個女孩子。其中年紀大一點的那位，身材苗條、臉色蒼白、非常美麗，滿頭蓬亂的栗色頭髮，一張倔強的小嘴，表情嚴肅，幾乎不太理我；另外一位就年輕許多——大概十七、八歲，不會再多了——同樣身材苗條、臉色蒼白，大嘴，大眼，她驚訝地望著我，我走過去的時候，她用英文說了些什麼，並感到不好意思。我覺得，這兩位可愛的人是我早已熟識的。我帶著這份感覺回到家裡，彷彿作了一場好夢。

在這之後沒多久，有一天中午，我跟別洛庫羅夫在家附近散步，突然間，草地沙沙作響，一輛彈簧馬車駛進庭院來，上面坐著上次見過的其中一位女孩，是那位姊姊。她拿認捐簽單過來，請求援助火災受災戶。她眼睛沒看我們，非常認真又詳盡地解說，在西揚諾沃村有多少房屋遭到火災，有多少男女老少流離失所，因此火災受災戶委員會打算在第一時間採取行動，她現在是其中的委員之一。她給我們簽完名後，便把簽單收好，立刻跟我們告辭。

「您完全忘了我們，彼得．彼得羅維奇，」她把手伸給別洛庫羅夫，並對他說。「您過來坐坐吧，如果N先生（她叫了我的姓氏）想來看看崇拜他天分的人們是怎麼過生活的，也歡迎光臨，那媽媽和我將會非常高興。」

我鞠躬致意。

當她離開後，彼得．彼得羅維奇開始談這位女孩的事，依他所說，她出身良好家庭，名叫莉季雅．沃爾恰尼諾娃，而她和媽媽妹妹一起住的地方，也跟池塘對岸的村莊一樣叫紹爾科夫卡。她的父親曾在莫斯科擔任過要職，過世時是三等文官職銜[1]。儘管家境很好，沃爾恰尼諾夫一家卻常年久居鄉村，莉季雅在紹爾科夫卡自家附近的地

[1] 帝俄時期官職分十四等，一等最高，三等文官通常擔任部長或副部長、高階局處首長等要職。

方自治[2]小學當教師，月薪二十五盧布[3]。她個人開銷只用這些錢，並對自己賺錢謀生引以為傲。

「有意思的家庭，」別洛庫羅夫說。「或許，我們看看什麼時候去拜訪他們。他們會很樂意見到您的。」

有一次在某個節日的午餐後，我們想起沃爾恰尼諾夫一家，便出發去紹爾科夫卡拜訪他們。他們一家，包括媽媽和兩個女兒，全都在。媽媽叫葉卡捷琳娜．帕夫洛芙娜，看起來曾是個美人，現在已經虛胖得與年齡不符，氣喘得一臉病容，憂愁，漫不經心，很努力找繪畫的話題來跟我聊。她從女兒那裡得知我可能會來紹爾科夫卡，連忙回想著兩三幅我的風景畫作，那是她曾在莫斯科畫展上看過的，然後她問，我在那些畫裡想要表達的是什麼。莉季雅，或者像家裡都叫她莉達，比起跟我，她較常跟別洛庫羅

---

[2] 俄國自一八六四至一九一八年實施的政治制度，在各省與縣成立機關運作，每年召開會議選舉管理局、核定預算、分配租稅，管理局職掌教育、衛生、農業、經濟等事務。地方自治會議代表以貴族及資產階層為主。實質上，中央政府與省政府仍有權干涉其運作。

[3] 這在當時是非常微薄的薪水。

夫談話。嚴肅的她笑也不笑，問他為什麼不在地方自治機關服務，還有為什麼他到現在從不參與地方自治會議。

「不好喔，彼得．彼得羅維奇，」她責備地說。「不好喔。讓人羞愧。」

「確實，莉達，確實，」媽媽同意。「不好。」

「我們整個縣都落在巴拉金的手裡，」莉達轉向我繼續說。「他自己是地方自治管理局的主席，把縣裡所有職缺都分給自己的子姪和女婿，為所欲為。我們必須要去爭取。年輕人應該要為自己組織一個強勁的勢力，但您看，我們的年輕人都是什麼樣子。羞愧啊，彼得．彼得羅維奇！」

我們還在談地方自治的時候，妹妹熱妮雅一直沉默著。她沒加入這個嚴肅的話題，在家中她還不被認為是成年人，而像是個小孩，大家叫她蜜秀斯[1]，因為她小時候都這麼叫自己的家庭教師小姐。她一直好奇地看著我，當我翻閱相簿時，她會跟我說明：「這是舅舅……這是教父」，並用手指指引人像，這時候她會像小孩子一樣肩膀靠著我，

---

[1] 原文拼音「Misjus」，即英文的小姐（Miss）之意，本該發音為「蜜斯」，但小孩子或許掌握不好，把兩個s都發出來。

我便就近看到她那單薄且尚未發育的胸部、細窄的肩膀、髮辮，以及腰帶緊束的纖瘦身軀。

我們玩槌球和草地網球，在花園散步，喝茶，然後花很長時間吃晚餐。待過廣闊空曠的列柱大廳之後，我覺得在這間不大卻舒適的房子還頗自在，裡面牆上沒有石印油畫，對僕人都稱呼您，在我看來，一切清新又純潔，多虧莉達和蜜秀斯在場，一切顯得體面又舒適。晚餐時，莉達又跟別洛庫羅夫談地方自治，談巴拉金，談學校圖書館。這是一位有活力、真誠又堅定的女孩，聽她說話很有意思，儘管她說得很多又大聲——大概是因為在學校教書的習慣。然而，我的彼得．彼得羅維奇，他從大學時代以來就養成了一個習慣——把所有的談話都搞得像爭吵，他談話無趣、沒勁又冗長，還有一個明顯的企圖——要人家以為他很聰明又前衛。他邊說邊比劃著手勢，袖子弄翻了醬汁碟，沾得桌布上湯湯水水的，但除了我之外，似乎沒有任何人留意到這件事。

我們回家的時候，天色暗沉又寧靜。

「好的教養並不在於，你沒打翻醬汁灑在桌上，而在於如果有誰打翻了東西你不會去在意，」別洛庫羅夫說，嘆了一口氣。「是啊，美好的知識分子家庭。我落在這些好人之後了，啊，真是落伍！都是事業，事業！事業哪！」

他說，你想要當一個模範的農村地主，就得要做那麼多的工作。我卻想：這真是個難相處又懶惰的小夥子！當他說到嚴肅的事情，就會緊繃地拖長著聲音說：「欸——欸」，他做得也跟他說的一樣——慢吞吞，總是拖拖拉拉而耽誤時限。我真是非常不相信他會腳踏實地，因為我託他去郵局寄的信，他都可以一連好幾個星期隨身忘在口袋裡。

「最沉痛的是，」他走在我身旁喃喃說著。「最沉痛的是，就算你工作也不會得到任何人的同情。沒有任何同情！」

2

我開始常去沃爾恰尼諾夫家。通常我坐在露台的低層階梯上；我不滿意自己，心情苦惱，對自己的生活流逝得如此快速又無趣也感到遺憾，而且我總是在想，要是能夠把我的心從自己胸裡掏出來的話該多好，這顆心在我身上變得這麼沉重。這時候在露台上，有人在談話聊天，傳來連衣裙的沙沙聲響，還有翻書的聲音。我很快就習慣了，白天的時候莉達給病患看診、分發書籍，經常去村子裡都不戴頭巾，而是撐傘，晚上則高聲談論地方自治，談學校。這位苗條美麗而且不改其冷峻的女孩，有一張小巧、線條優雅的嘴唇，每次當她開始談起工作時，便冷冷地對我說：

「這種事對您來說一定很無趣。」

她對我沒有好感。她不喜歡我，因為我是個風景畫家，而且在自己的畫作中沒有描繪人民所需，還有她好像以為，她堅定相信的事情我都冷漠看待。我不由得想起有一次在貝加爾湖沿岸，遇見一位布里亞特[1]女孩，她穿藍布衫和長褲，騎在馬上；我問她，能不能把菸斗賣給我，我們談話的時候，她輕蔑地望著我這張歐洲人的面孔和我的帽子，沒一分鐘她便厭煩了跟我說話，吆喝了一聲就疾馳離去。莉達正是這樣像對異族人似地輕視我。外表上她絕不會露出對我的嫌惡，但坐在露台低層階梯上的我感覺得出來，我心裡有氣，於是我說，不是醫生卻給農民治療，這是欺騙，而只要你有兩千畝[2]地，你就能輕易當他們的恩人了。

而她的妹妹蜜秀斯則無憂無慮，日子過得像我一樣閒散極了。一早起來，她立刻抓起書本來讀，坐在露台的一張高扶手椅上，因而她的小腳幾乎觸不到地，不然就是拿著書本藏身在椴樹林蔭道裡，或者出大門到田野上去。她貪婪地盯著書本看一整天，因此她的眼神有時候就會變得疲倦又茫然，臉蛋顯得蒼白無比，可以想像得到，這樣的書本有多麼消磨她的腦子啊。我過來的時候，她一看到我稍微有點臉紅，丟下書本，然後精神一振，用她那雙大眼睛望著我，告訴我發生了哪些事情，比如說，下房的碳

[1] 主要居住在西伯利亞貝加爾湖東側的蒙古族一支。

[2] 此處指俄畝，一俄畝等於一．〇九公頃。

黑[3]起火了，或是工人在池塘裡抓了一隻大魚。平日她通常穿淺色襯衫和深藍色裙子出來。我們一起散步，摘櫻桃做果醬，划船，當她跳起來摘櫻桃或划槳的時候，隔著寬大的袖子可以看得出她那纖細瘦弱的手臂。不然就是在我寫生的時候，她會站在旁邊，佩服地觀賞。

在七月底的一個星期日，早上九點我來到沃爾恰尼諾夫家。我沿著林園走，離房子更遠了些，去找尋這個夏天出現非常多的白牛肝菌，我在發現菇菌的地方做了記號，為了稍後要跟熱妮雅一起來採。吹來一陣溫煦的風。我看見熱妮雅和她媽媽兩人都穿淺色的假日服裝，從教堂過來要回家，熱妮雅扶住帽子遮風。然後，我聽見她們在露台上喝茶。

對我這麼一個無憂無慮、為自己找尋可以始終閒散理由的人來說，在各家莊園裡這些歡樂的夏日早晨，總是超乎尋常地迷人。每當，綠意的花園仍沾潤露水，陽光下滿園晶亮，綻放幸福，每當，住家附近的木犀草和夾竹桃散發芬芳，年輕人剛從教堂回到家，在花園喝茶，每當，所有人打扮得漂漂亮亮，滿心歡喜，還有你知不知道，

[3] 燃料在火爐內不完全燃燒產生的碳微粒粉末，有易燃性，甚至可能導致自燃。

每當所有這些健康、滿足又美好的人，在這漫長一整天什麼事也不做的時候，那我真想要一輩子都如此。現在我也同樣這麼想，我在花園走一走，還打算就這麼不為何事也不問目的，走上一整天，一整個夏天。

熱妮雅提著籃子過來，她臉上那種表情彷彿是她知道或預感到，會在花園裡找到我。我們採蘑菇，聊天，當她問了什麼事情之後，便會走前幾步來看看我的表情。

「昨天我們村子裡出現了奇蹟，」她說。「跛腳的佩拉吉雅病了一整年，沒有任何醫生或藥物可以幫助她，但昨天一位老太太過去喃喃說了幾句話，病就沒了。」

「這沒什麼，」我說。「不該只在病人跟老人那裡尋找奇蹟。難道健康不是奇蹟？而生命本身不是奇蹟嗎？哪裡不了解的，那裡就有奇蹟。」

「那您不害怕不了解的東西嗎？」

「不會。我會充滿活力地走近我不了解的事物，而且不向它們屈服。我高於它們。人該要意識到自己高於獅子、老虎、星星，高於大自然的一切，甚至高於不了解且看似奇蹟的事物，否則他就不是人，而是害怕一切的老鼠。」

熱妮雅認為，作為藝術家的我知道非常多東西，我還能正確猜測出我不清楚的事物。她想要我帶她到永恆與完美的境界，到那個最高境界，就她認為，我是自己人，在那個地方她會跟我談上帝，談永恆的生命，談奇蹟。而我，還不許我和我的想像在死後會永遠消滅，便回答：「對，人是不死的。」「對，等待我們的是永生。」她就聽了，信了，也不要求證據。

往回家的路上走的時候，她突然停下來說：

「我們的莉達是個出色的人。不是嗎？我熱烈愛著她，我可以隨時為她犧牲生命。但您告訴我，」熱妮雅用手指碰一下我的衣袖，「您告訴我，為什麼您跟她總是在爭吵？為什麼您要氣憤？」

「因為她不對。」

熱妮雅搖搖頭否認，她的眼睛現出了淚水。

「這真是讓人搞不懂！」她說。

這時候，莉達剛從某處回來，站在門口台階旁，手拿鞭子，她匀稱美麗，陽光下明亮動人，對工人吩咐了一些事情。她忙進忙出，大聲說話，給兩三位病患看過病後，仍是一副務實又憂心工作的表情，在各個房間走來走去，一下子打開一只櫃子，一下子又開另外一只，再到閣樓去；大家找了她很久，叫她吃午餐，她過來的時候我們已經吃完湯了。所有這些繁瑣細節不知道為什麼我都記得，也都喜愛，而且這一整天的情景我都記得栩栩如生，儘管沒發生什麼特別的事情。午餐後熱妮雅去看書，窩在高扶手椅裡面，我則坐在露台的低層階梯上。我們沉默不語。整片天空都被雲朵遮住，並開始下著稀疏的細雨。天氣很熱，風已經許久沒動靜，似乎這一天永遠不會結束。葉卡捷琳娜．帕夫洛芙娜出來到露台上找我們，她睡眼惺忪，手裡拿一把扇子。

「嗳，媽媽，」熱妮雅親吻她的手說，「白天睡覺對妳身體不好。」

他們倆彼此疼愛。當一個人出來到花園，另一個已經站在露台上望著樹林，就會呼喚：「喂，熱妮雅！」或者：「媽媽，妳在哪裡？」他們總是一起祈禱，然後同樣相信了，也深深了解彼此，甚至不用說話都了解。待人方面他們也是一致，葉卡捷琳娜．帕夫洛芙娜一樣很快習慣我並依戀我，當我兩三天沒出現，她會派人來看看我身子是否安好。她在看我寫生的時候，也會像蜜秀斯一樣欽佩連連，還會像她那樣叨叨絮絮且坦誠地告訴我發生了什麼事，並經常向我透露她個人的家庭祕密。

她崇拜她的大女兒。莉達從不親近人，只說嚴肅的事情；她以自己特殊的生活方式過日子，對母親和妹妹來說，她是這麼神聖又有點神祕異常，就像水手看待總是坐在自己官艙裡的海軍上將那樣。

「我們的莉達是個出色的人，」母親常說。「不是嗎？」

在我們談莉達的時候，仍稀稀疏疏下著細雨。

「她是個出色的人，」母親說，並像搞陰謀似的慌張地左顧右盼，悄聲補充：「這種人非常難得，不過，您知不知道，我開始有點擔心。學校、小藥箱、書籍——這一切都好，但為什麼要走極端呢？因為她已經二十四歲，該是時候要認真為自己著想了。就這樣為了書，為了藥，你有沒看見，生命就這麼流逝……應該要嫁人了。」

熱妮雅看書看得臉色蒼白，一頭弄皺了的頭髮，她稍稍抬起頭，望著母親彷彿自言自語：

「媽媽呀，一切都看上帝的意思吧！」

然後她又埋首閱讀。

別洛庫羅夫來了，一身輕便外套和繡花襯衫。我們玩槌球和草地網球，之後天色昏暗時，花很長時間吃晚餐，莉達又談著學校和巴拉金，說整個縣被他一把抓在自己手裡。這個晚上我從沃爾恰尼諾夫家離開，也把漫長閒散時光的印象給帶走，心裡憂傷意識到，這世上的一切不管有多漫長，終歸會結束。熱妮雅送我們到大門口，或許因為她跟我從早到晚度過了一整天，我覺得少了她我就好像會無聊，還覺得我跟這整個可愛的家庭很親近。整個夏天我頭一次想要動筆創作。

「您說說，為什麼您生活過得這麼無聊，這麼枯燥？」跟他走回家時，我問別洛庫羅夫。「我的生活無聊、沉重又單調，因為我是個藝術家，我是個怪人，我從年少時就被嫉妒、自我不滿足、懷疑自己的工作而搞得很苦惱，我總是窮，我是流浪漢，但是您啊，您可是健康正常的人，是地主、貴族老爺——為什麼您的日子過得這麼無趣，生活的享受這麼貧乏呢？比如說，為什麼您到現在沒有愛上莉達或熱妮雅呢？」

「您忘記我愛著另外一個女人。」別洛庫羅夫回答。

他是指跟他同居在廂房的那位女朋友，柳波芙．伊凡諾芙娜。我每天看到這位女士，非常肥胖豐滿又傲慢，像是隻餵飽了的母鵝，在花園散步時，她常穿俄羅斯服裝，戴串珠，總是撐著傘，僕人老是叫她吃東西，不然就是叫她喝茶。大概三年前她租下這棟別墅的一間廂房，就這樣跟別洛庫羅夫住在一起，看樣子，會永遠在一起。她年紀大他十歲左右，管他管得很嚴，像離開家一下子，他也得要徵求她的同意。她經常號啕痛哭，哭聲像男人，那時候我會派人去告訴她，如果她不停下來的話，那我就搬走，於是她便不再哭了。

當我們回到家，別洛庫羅夫坐在沙發上，愁眉苦臉沉思著，我開始在大廳裡走來走去，感受著靜默的不安，我好像戀愛了。我想要談一談沃爾恰尼諾夫這家人。

「莉達能夠愛的只有支持地方自治而且像她一樣熱中醫院和學校的人，」我說。「唉，為了這樣的女孩，可能不只是要當個地方自治活動者，甚至還要像在童話故事中穿破鐵鞋的人那樣[1]。那蜜秀斯呢？這個蜜秀斯多麼美好呀！」

別洛庫羅夫拖著長長的聲音：「欸——欸……」，談起了世紀之病——悲觀。他深信不疑地講著，用一種彷彿我在跟他爭論的語氣。就算走一百里荒涼、單調又乾枯的草原路，也冒不出這種灰心喪志啊，這就好像一個人坐下來說話的時候，又不清楚他

[1] 指為了愛（或信念）不畏艱難的人，典故應出自俄國童話《閃亮雄隼菲尼斯特的羽毛》（Пёрышко Финиста ясна сокола），描寫一位善良女孩如何以真愛克服萬難（包括穿破三雙鐵鞋到遠方尋人），最終拯救心上人菲尼斯特的魔法故事。

何時可以走的感覺。

「問題不在於悲觀，也不在於樂觀，」我憤怒地說，「而在於百分之九十九的人都沒頭腦。」

別洛庫羅夫把這話當作在說他，心裡感到不快就走了。

3

「在瑪洛焦莫沃有一位公爵來訪，他向妳問候，」莉達從外面回到家後一邊脫手套一邊對母親說。「他說了很多有趣的事……答應在省自治會議時將再次呼籲重視瑪洛焦莫沃醫療所的問題，但又說：希望不大。」她隨即轉向我說：「對不起，我總是忘記，您對這個不會感興趣的。」

我感到氣憤。

「怎麼會沒興趣？」我問，聳聳肩膀。「您不願意知道我的意見，但我會讓您相信，我對這個問題很感興趣。」

「是嗎？」

「對。我的看法是，瑪洛焦莫沃完全不需要醫療所。」

我的氣憤傳染給她，她看著我，稍微瞇著眼問：

「那需要什麼？風景畫嗎？」

「風景畫也不需要。那裡什麼都不需要。」

她終於把手套脫了下來，打開剛剛從郵局帶來的報紙，一分鐘後她明顯克制著自己的情緒靜靜地說：

「上星期安娜死於難產，要是附近有醫療所的話，那她就會活下來。風景畫家先生，我覺得，您對於這點應該有一些看法。」

「我對於這點有非常明確的看法，我向您保證。」我回答，而她用報紙擋住了我，似乎不想聽。「我覺得，醫療所、學校、圖書館、小藥箱，在既有的條件之下，只是為奴役服務。人民被巨大的鎖鏈給束縛著，您不砍掉這鎖鏈，卻還增添一些新的鏈環——這就是我的看法。」

她抬起眼睛瞄我，譏諷地微微笑，而我繼續努力點出自己的主要想法：

「安娜死於難產並不重要，重要的是，所有這些安娜、瑪芙拉、佩拉吉雅們，從早到晚彎腰做粗活，因為過度操勞而生病，一輩子為了饑病中的孩子擔憂，一輩子害怕死亡和疾病，一輩子看病，早早就衰弱，早早就蒼老，然後死在爛泥和惡臭之中；他們的孩子，長大一些後又開始做同樣的繁瑣雜務，這樣過了上百年，然後有十億人活得比動物還糟——只為了一塊麵包而遭受無窮盡的恐懼威脅。他們的情況可怕之處就在於，他們沒時間去思索心靈，沒時間去回想自己的形象；饑餓、寒冷、動物本能的恐懼、繁重的勞動，這些彷彿雪崩似的，阻隔了他們通往精神活動的所有道路，而正是這些道路，將人有別於動物，且團結為一體，為此而活得有價值。您用醫院和學校去幫助他們，但這樣並不會將他們從桎梏中解放出來，您反而更加奴役他們，因為您給他們的生活帶來新的執迷，擴大了他們日常生活的需求，還先不說他們為了那些小蒼蠅[1]和小書冊得要拿什麼來報答地方自治局，不就是要更彎下腰做更多粗活嘛。」

「我不跟您爭論，」莉達放下報紙說。「這我早聽過了。我只跟您說一件事：不能兩手叉在胸前光坐著。的確，我們沒有拯救全人類，也或許，我們很多地方做錯了，但我們做自己所能做的事，我們——是正確的。文明人最崇高神聖的工作——就是為他人服務，我們試著盡己所能去做。您不喜歡的話也沒辦法，畢竟這無法使人人都滿意。」

「對，莉達，對。」母親說。

莉達在場的時候，她總是怯懦，說話時擔心地望著她，怕說了什麼不知道是該說還是不該說的話；還有她從來沒反對過她，總是贊成她：對，莉達，對。

[1] 此處應指西班牙藥膏貼布，即從西班牙蒼蠅（Lytta vesicatoria）提煉製成的醫療貼布。

「無論農民識不識字，或那些寫著沒用的教訓和笑話的小書冊，或醫療所也好，都沒辦法降低無知和死亡，就像您窗戶裡的光線無法照亮這座龐大的花園一樣，」我說。「您什麼都沒給，您只不過是自行干涉這些人的生活，創造出新的需求和新的勞動藉口而已。」

「唉呀，我的上帝，畢竟該要做點什麼事啊！」莉達心煩地說，從她的語氣聽得出來，她認為我的議論毫無意義，心存藐視。

「該要把人從沉重的肉體勞動中解放出來，」我說。「應該要減輕他們的壓迫，給他們歇息，別讓他們在火爐旁、洗衣盆前和田地上度過一輩子，最好同樣有時間思索心靈、上帝，要能夠更寬廣地展現出自己的精神才能。每個人的志向要在精神活動上——朝著不斷找尋真理和人生意義而去。您就為他們把粗重、牲畜般的勞動變成不需要的事，讓他們感受一下自由，那您就會看見，這些小書冊和小藥箱實際上有多麼可笑。一旦人意識到自己的真正志向，那麼能夠滿足他的就只有宗教、科學和藝術，而不是這些瑣碎小事。」

「從勞動中解放出來，」莉達冷笑一聲。「難道這可能嗎？」

「可能。您去分擔一點他們的勞動看看。假如我們所有的城市和鄉村的居民，無一例外都同意，分擔彼此全部被人類耗費在滿足生理需求上的勞動，那麼分到我們每個人的身上，或許一天應該不超過兩三個小時。您想想看，我們全部，包括富人和窮人，一天只工作兩三個小時，剩下的時間我們都是自由的。再想想看，我們為了要少依賴一點我們的身體，少一點勞動，發明了代替我們勞動的機器，我們努力減少我們的生活需求到最少。我們磨練自己和自己的孩子，讓他們不怕飢餓寒冷，我們就不用一直擔心他們的健康，像安娜、瑪芙拉和佩拉吉雅所擔心的那樣。想想看，我們不去看病，不開設藥房、菸草工廠、釀酒廠——我們最後會剩下多少的自由時間哪！我們全部一起將這些空閒時間獻給科學和藝術。就像有時候農民會和睦地修路，我們也會一起和睦地尋求真理和人生意義，還有——我相信這點——真理應該會非常快就實現，人應該會避免死亡這個不斷令人痛苦又苦惱的恐懼，甚至避免死亡本身。」

「不過，您自相矛盾，」莉達說。「您口口聲聲——科學，科學，您自己卻反對識字。」

「識字，人能夠閱讀的往往只有酒館招牌，經常是連書本上寫什麼都不清楚——

這樣的識字情況從我們的留里克[1]時代延續下來，果戈里的彼得盧什卡[2]不是早就識字了，這時候，鄉村的情況從留里克時代到現在還是一模一樣。需要的不是識字，而是可以大大展現出精神才能的自由。需要的不是小學，而是大學。」

「您連醫學都反對。」

「對。它之所以需要，只因為要把疾病當作自然現象來研究，而不是為了治癒疾病。如果真要治療，那也不是去治疾病，而是病因。消除掉主要的病因——體力勞動——到時候就不會有疾病了。我不承認以治療為目的的科學，」我激動地繼續講，「如果是真正的科學和藝術，則不是追求一時的，也不是個人的目標，而是永恆的、公眾的——它們追尋真理和人生意義，追尋上帝與心靈，但如果把它們扣在生活需求和急迫問題上，扣在小藥箱和圖書館上，那它們只會把生活搞得複雜又堵塞不通。我們有許多醫生、藥劑師、律師，成了許多識字的人，但完全沒有生物學家、數學家、哲學家、

---

[1] 留里克（Rurik）是俄羅斯自古第一位君主，建立留里克王朝（862-1598）。

[2] 彼得盧什卡（Petrushka）是果戈里（N. V. Gogol, 1809-1852）小說《死靈魂》的主角奇奇科夫的僕人，他識字，但不能完全理解讀過的句子。

詩人。因為理智和全部的心靈能量，都跑去滿足一時的、短暫的生活需求……學者、作家和藝術家的工作熱烈進行，多虧了他們，生活一天比一天便利，身體的需求增加，同時離真理卻更遠，人依舊是最貪婪、最齷齪的動物，這一切的目的在於，為了讓大多數人類退化，且永遠喪失任何生活能力。在這種情況下，藝術家的生活便沒有意義，他越是有天分，他的角色就越奇怪，越不能被理解，因為實際上的結果是，他是為了貪婪又齷齪的動物的消遣，為了維持既有的秩序而工作。我就是不想工作，以後也不會工作……什麼都不需要，就讓世界下地獄去吧！」

「蜜秀斯卡[3]，出去。」莉達對妹妹說，顯然發現我的言論對這樣的年輕女孩有害處。

熱妮雅憂傷地看著姊姊和母親，然後走出去。

「會唱這麼動聽的高調，通常是這個人想要為自己的冷漠辯解的時候，」莉達說。「比起去醫治去學習，嘴巴上否定醫院和學校要容易得多。」

「對，莉達，對。」母親同意。

---

[3] 蜜秀斯的小名。

「您唬人說不要工作，」莉達繼續說。「看來，您高估了自己的工作。我們就停止爭論吧，我們的想法從來就不會一致，因為所有的圖書館和小藥箱，就是您剛剛那麼輕蔑批評的，在我看來連其中最不完善的，都比世上所有的風景畫要高明。」她立刻轉向母親，完全用另外一種語氣說起來：「公爵變得非常瘦，自從他來我們這裡之後模樣變了很多。他要被送到維希[1]去。」

為了不跟我說話，她就一直跟母親說公爵的事。她漲紅著臉，為了要掩藏自己的焦慮，她像近視眼似的，低低彎身至桌前，假裝在讀報紙。我的在場氣氛變得不愉快。於是我道別後便回家去。

[1] 維希（Vichy），法國度假勝地。

4

院子很靜；池塘對岸的村子已經睡了，見不到任何一點點燈火，只有在池塘上，稍微亮起蒼白的星光倒映。熱妮雅站在有獅子雕像的大門旁動也不動，等著要送我一程。

「村子裡大家都睡了，」我說，努力在黑暗中看出她的臉龐，看到了凝視著我的那雙憂愁的黑眼珠。「連酒館老闆和盜馬賊都安靜地睡了，我們這些規規矩矩的人卻彼此生氣又爭吵。」

這是個憂傷的八月夜晚，憂傷是因為已經嗅到了秋天的氣味；夜色披著深紅色的雲彩，上升的月亮勉勉強強照亮了道路，以及路旁黑糊糊的秋播田地。流星時而墜落。熱妮雅跟我並排走在路上，盡量不去看天空，以免看到墜落的流星，不知道為什麼它們嚇著了她。

「我覺得您是對的，」她因夜晚的溼冷而發抖著說。「假如人人都能齊心合作致力於精神活動，那他們就會很快明白一切的。」

「當然。我們是最高等生物，如果我們真的認清人類才能的全部力量，並只為了高等目的而生活，那我們最終就會成為上帝。但這永遠不會發生——因為人類將會退化，他們的才能連一點痕跡都不會留下。」

當看不見大門的時候，熱妮雅停下腳步，匆匆握了握我的手。

「晚安，」她顫抖地說；肩上只披了一件短襯衫，因此她冷得全身瑟縮起來。「您明天再過來。」

有個想法讓我感到可怕：我將會孤單一人，心懷憤怒，不滿自己，也不滿別人；就連我自己都盡量不去看墜落的流星了。

「再跟我待一下子，」我說。「我求您。」

我愛熱妮雅。應該是說，我愛她，因為她經常接送我，因為她溫柔又欽佩地望著我。她那蒼白的臉龐、纖細的頸子、纖長的手臂、她的柔弱、閒散、她的書本，真是美妙得動人。那才智呢？我猜想她有出色的才智，她眼界寬廣教我讚嘆，或許，比起那位嚴厲又美麗卻不喜歡我的莉達，她的思考方式較另類。熱妮雅喜歡我是藝術家，我用自己的天分征服了她的心，我非常想只為她作畫，我夢想著她，就像是夢想著我的小皇后，她跟我一起統治這片樹林、田野、雲霧、晚霞，以及這大自然，它奇妙迷人但讓身在其中的我一直覺得自己無望、孤單又沒用。

「再留一下子，」我請求。「求求您。」

我脫下自己的外套，披在她發冷的肩上；她擔心自己穿上男人的外套顯得可笑又不漂亮，笑了笑便拿掉外套，這時候我抱住她，開始吻遍她的臉、肩膀和手臂。

「明天見！」她悄聲說，並小心翼翼彷彿怕打破夜晚寂靜似地抱住我。「我們一家人彼此間沒有祕密，我得馬上把這一切告訴媽媽和姊姊……這多可怕！媽媽沒什麼，她喜歡您，但莉達呀！」

她往大門跑回去。

「再見！」她喊一聲。

之後大概有兩分鐘，我還聽到她在跑著。我不想回家，而且也沒必要回去那裡。我在沉思中站了一會兒，然後靜靜地慢慢往回走，想再看一眼那棟她住的房子，那棟可愛、樸實的老房子，似乎，它用閣樓的窗戶當作眼睛望著我，好像明白了一切。我走過露台，坐在網球場旁的長凳上，在老榆樹下的蔭暗處看那棟房子。在蜜秀斯住的閣樓裡，窗戶裡閃了一下亮光，之後便是沉靜的綠光——這是蓋上了燈罩的關係。人影閃動……我滿懷溫馨、平靜和自足，我滿意自己還能夠著迷，還能夠愛慕，但同時也有個念頭讓我感到不舒服，想到在離我沒幾步遠的地方，在這棟屋子的某個房內住著莉達，她不喜歡我，或許還厭惡我。我坐著一直等，看熱妮雅會不會出來，留心傾聽，我覺得閣樓裡面似乎有人在說話。

過了大概一個鐘頭。綠色的燈火熄滅，人影不再出現。月亮已經高高掛在房子上方，照亮整個沉睡的花園和小路；屋前花圃裡的大麗花和玫瑰清晰可見，好像全都是同樣的顏色。天氣變得非常冷。我走出花園，在路上撿起我的外套，不慌不忙地慢步回家。

隔天午餐後，我來到沃爾恰尼諾夫家的時候，屋子面對花園的玻璃門是敞開的。我在露台上稍坐一下子，等著馬上在花圃後的平地上或在某一條林蔭道上現身的熱妮雅，或者是從房間傳來她的聲音；然後我走過客廳、餐廳，一個人都沒有。我從餐廳沿著長廊到前廳，隨後又往回走。這邊的走廊有好幾扇房門，其中一扇門後面響起了莉達的聲音。

「給烏鴉，在某處……上帝[1]……」她大聲拖長著發音，大概是在念課文給學生聽寫。「上帝丟了一小塊乳酪……給烏鴉……在某處……是誰在外面？」她聽見我的腳步聲突然把我叫住。

「是我。」

「啊！抱歉，我現在不能出去招呼您，我在幫達莎上課。」

「葉卡捷琳娜．帕夫洛芙娜在花園嗎？」

「沒有，今天早上她跟我妹妹離開，去了奔薩省[2]的阿姨家。冬天的時候，他們大概會出國……」她沉默一會兒之後補充說。「給烏鴉，在某處……上——帝丟了一小——塊乳酪……妳寫下來了嗎？」

我出到前廳去，站著，什麼都沒想，望著前面的池塘和村莊，身後的讀書聲仍傳到我耳裡：

「一小塊乳酪……上帝丟了一小塊乳酪，給在某處的烏鴉……」

---

[1] 這些句子出自俄國作家克雷洛夫（Ivan A. Krylov, 1769-1844）的寓言故事〈烏鴉與狐狸〉。

[2] 奔薩（Penza）是位於歐俄中南部的一個省。

我沿著初次來這裡的同樣那條路離開莊園，只是方向相反：先從院子到花園，經過房屋，然後沿著椴樹林蔭道……在那裡有個小男孩追上來找我，交給我一張字條。「我跟姊姊全說了，她要求我跟您分手，」我讀著字條。「我不能不聽話而去傷她的心。願上帝保佑您幸福，原諒我。要是您知道，我跟媽媽哭得有多麼痛心哪！」

然後，來到幽暗的杉樹林蔭道，籬笆已經塌了……到了那片當時黑麥花盛開、鵪鶉鳴唱的田地上，現在則有乳牛和上了絆繩的馬匹徘徊漫步。山丘上有些秋播田地綠油油得發亮。一種清醒的、日常的情緒占滿了我的心，我開始對所有我在沃爾恰尼諾夫家講的話感到慚愧，又照舊過起了無趣的生活。回到家，我收拾好行李，晚上便離開去彼得堡。

我再也沒見過沃爾恰尼諾夫一家人。不久前，我有一次去克里米亞時，在車廂中遇到別洛庫羅夫。他依舊一身輕便外套和繡花襯衫，我問候他身體如何，他回：「托

您的福啦。」我們聊了起來。他把自己的地產賣掉，買了另一塊小一點的地，登記在柳波芙．伊凡諾芙娜的名下。關於沃爾恰尼諾夫一家他知道的不多。莉達，照他的說法，仍住在紹爾科夫卡，在小學教孩子念書；她漸漸成功地在自己身邊聚集一群親近她的人，並自行組織一個有力的團體，在最新一次的地方自治會議選舉中把巴拉金給「推了出去」，此後他不再把持整個縣政。而關於熱妮雅，別洛庫羅夫只說，她不住在家裡，也不清楚人在哪裡。

我已經開始遺忘那棟帶閣樓的房子，只是偶爾在我作畫或閱讀的時候，會突然無緣無故想起那扇窗裡的綠色燈火，或是想起深夜傳遍田野的我那腳步聲，那是在我戀愛中回家路上冷得直搓手的時候。更少的時候，在我苦於孤單、感到憂傷的時刻，這些回憶又更模糊了些，漸漸地，我不知道為什麼開始覺得，也有人在想著我，有人在等著我，還覺得我們將會相遇……

蜜秀斯，妳在哪裡？

情繫低音大提琴[1]

[1] 本篇原作發表於一八八六年的《花絮》雜誌第二十三期，副標：「別墅區的奇幻劇」，作者署名「A·契洪特」。關於此篇故事，作家列夫·托爾斯泰曾說：「他（契訶夫）是我們這個時代第一流的幽默作家……不過，他有一些幽默故事我不太懂，像〈情繫低音大提琴〉……」作家布寧對此篇有高度評價：「除了〈馬的猝死〉、〈情繫低音大提琴〉之外，就算他（契訶夫）什麼也沒寫，這種驚人的才智也會在俄羅斯文學中閃耀而過，因為只有才智非凡的人才能想得出、說得出這麼妙的荒謬，這麼好的笑話……」——俄文版編注

音樂家斯梅奇科夫從市區往畢布洛夫公爵的別墅走去，那裡因為有訂婚典禮而「要舉辦」一場音樂舞會。他揹著一只裝有巨大的低音大提琴的皮盒。斯梅奇科夫沿著河邊走，清涼的河水滾滾，儘管不算澎湃，但也相當詩意。

「要不要去泡泡水呢？」他想。

沒想太久，他便脫掉衣服全身泡在清涼的水流中。晚上美極了。斯梅奇科夫詩意的心靈開始呼應地融入周遭的和諧中。然而，當他向旁邊游去一百步左右，看見了一位美麗的女孩坐在陡峭的岸邊釣魚，一股多麼甜美的感覺彌漫在他內心。他屏住呼吸，呆住了，因為心裡湧起各式各樣的感受——童年的回憶、往事的懷念、甦醒的愛情……老天啊，他本以為，他已經不能夠再去愛人了！就在他喪失對人的信任之後（他深愛的妻子跟他的朋友跑了，跟那個狗養的吹巴松管的索巴金[1]），心中滿是空虛，他便成了厭世的人。

「生活是什麼？」他不只一次問自己。「我們為了什麼而活？生活是空想、夢想……是腹語……」

[1] 這個姓氏的俄文詞根原意是「狗的」，上文「狗養的」為中文加譯。

但是他站在睡著的美人面前（不難發現她睡著了），突然間不由自主地，感受到心中有某種像是愛情的東西。他久久站在她面前，眼睛貪婪地望著她……

「不過夠了……」他想，深深嘆了一口氣。「再見，美妙的幻象！我該是時候要去公爵大人的舞會了……」

於是他再看一眼美人，就想往回游的時候，腦海中閃過了一個念頭。

「要給她留下一點東西紀念！」他想。「在她的釣竿上綁些東西，當作是『陌生人』給她的驚喜。」

斯梅奇科夫靜靜地游向岸邊，摘了一大把地上的和水裡的野花，用濱藜的莖捆好，再綁在釣鉤上。

花束往水裡一沉，拉扯著漂亮的浮標。

理智、自然規律和我們主角的社會地位，都要求這個浪漫邂逅就在這個地方結束，不過——唉呀！作者的機運難以抵擋：出於作者無法控制的情況，這個浪漫故事將不會以一束花作結。一反邏輯與常理，這位貧窮又不起眼的低音大提琴手，竟然在顯貴富有的美人的生命中扮演了一個重要角色。

游到岸邊後，斯梅奇科夫大吃一驚：他沒看到自己的衣服。被偷走了……不知道哪來的壞蛋，在他欣賞美人的時候，偷走了一切，只留下低音大提琴和大禮帽。

「該死的東西！」斯梅奇科夫大聲叫罵。「嗳，人啊，真是惡毒的東西[1]！主要不是衣服被偷讓我憤怒（因為衣服會壞），而是想到，我得要光著身子走動，這有違社會道德。」

他坐在提琴盒上，開始想點辦法讓自己擺脫這個可怕的處境。

「絕不能赤裸裸地去畢布洛夫公爵家！」他想。「那裡會有女士！更何況小偷連褲子也偷走了，松香[2]都放在褲袋裡面！」

他想了很久，想得很痛苦，想到太陽穴都發疼。

「啊！」最後他想起來。「離岸邊不遠處的樹叢那裡有一座小橋……天還沒黑之前，我可以在那座小橋下坐著等，一到晚上天黑後，我就溜進最近的一戶農家去……」

---

[1] 這是德國作家席勒（1759-1805, J. C. Friedrich von Schiller）的戲劇《強盜》中第一幕第二場主角卡爾·穆爾（Karl Moor）的台詞，不精確的引文。——俄文版編注

[2] 以松香擦拭提琴的弓毛，彈奏時與弦產生摩擦力製造聲音。

拿定了主意，斯梅奇科夫戴起大禮帽，低音大提琴扛上背，慢慢往樹叢那邊吃力地走去。赤裸的他揹著樂器，很像是某個古老神話中的半人半神。

現在，讀者們，當我的主角還坐在橋下沉浸在不幸之中，我們留給他一些時間，再回去看看那位釣魚的女孩吧。她發生了什麼事？這美人睡醒後，沒看見水面上的浮標，趕緊拉一下釣魚線。線繃得緊緊的，但魚鉤和浮標沒浮出水面。看來，斯梅奇科夫的花束在水裡泡軟發漲，變得沉重了。

「是我釣到了大魚，」女孩心想，「還是魚竿鉤到了東西。」

女孩再拉幾下魚線，確定是鉤到了東西。

「真是可惜！」她想。「晚上正容易上鉤呢！怎麼辦呢？」

這位古怪的女孩想沒多久，便脫掉身上的輕盈衣服，把美麗的身軀泡進水裡，直至白淨如大理石的肩膀。要解開花束上纏著釣魚線的鉤子並不容易，除了耐心與努力沒別的辦法。經過不到一刻鐘，神采奕奕又幸運的美人從水裡出來，手裡拿著釣鉤。

不過，等著她的卻是惡運。偷走斯梅奇科夫衣服的壞蛋，也偷走了她的衣裙，只留給她一罐蟲餌。

「我現在該怎麼辦？」她哭了起來。「難道要這樣走出去嗎？不，絕不要！不如死了好！我要一直等到天黑，天黑的時候，我就去阿嘉菲雅阿姨那裡，讓她回家拿我的連衣裙來……現在暫時先躲在小橋下。」

我的女主角選了一個草長得比較高的地方，彎著身子跑向小橋去。她爬進小橋下，看見那裡有位赤裸的男人，一頭音樂家式的長髮和毛茸茸的胸膛，大叫了一聲，隨即失去意識。

斯梅奇科夫也嚇了一跳。起先他誤以為這女孩是河裡的寧芙仙子。

「這不會是河裡的賽蓮水妖來誘惑我吧？」他想，這個推測讓他頗得意，因為他一直對自己的外貌有高度評價。「如果她不是賽蓮水妖，而是人類的話，那要怎麼解釋她這身奇特的樣子呢？她為何在這橋下？還有她怎麼了？」

在他煩惱這些問題的時候，美人醒了過來。

「別殺害我！」她喃喃說著。「我是畢布洛娃公爵小姐。求求您！會給您很多錢的！我剛剛在水裡解開魚鉤，有賊偷走了我的新衣服、皮鞋和所有的東西！」

「小姐！」斯梅奇科夫用懇求的聲音說。「我的衣服也是這樣被偷走的。而且，他們連褲子都偷走，那裡面有松香啊！」

所有彈奏低音大提琴和長號的人，通常都不機靈——斯梅奇科夫卻是個令人慶幸的例外。

「小姐！」他稍過一會兒又說。「看得出，我的樣子讓您尷尬。但是，您得同意，我無法離開這裡，是基於跟您一樣的理由。我想出了一個辦法：您方不方便躺進我的低音大提琴盒裡並把蓋子蓋起來？這樣就可以讓我看不見您……」

斯梅奇科夫才說完，便把提琴從盒裡拿出來。有一瞬間他覺得，他讓出提琴盒是褻瀆了神聖的藝術，但這猶豫並沒有持續多久。美人躺進了提琴盒，身子蜷曲成一團，他拉緊盒上的皮帶，並很高興上天賦予他這般聰明才智。

「小姐，現在您看不見我了，」他說。「您躺在這裡，可以安心了。天黑的時候，我就會把您送到您父母家。低音大提琴我可以稍後再過來拿。」

天一黑，斯梅奇科夫把裝有美人的提琴盒扛上肩，費力地往畢布洛夫的別墅緩緩走去。他的計畫是這樣：他先走到最近的一間農舍，給自己備好衣服，接著再往前走……

「沒有壞事哪來的好事……」他赤腳踢起灰塵，彎著身子背負重擔，心裡想。「由於我溫暖關懷公爵小姐的遭遇，畢布洛夫公爵想必會慷慨地獎賞我。」

「小姐，您還舒服嗎？」他用一種殷勤男伴[1]邀舞時的語氣問，「拜託您別客氣，好好躺在我的盒子裡，就當作在自己家裡！」

突然間，在殷勤的斯梅奇科夫前面，茫茫黑暗中出現兩個晃動的人影。他定睛一看，確定這不是眼睛的錯覺：確實有人影在走動，甚至手上還拿著一些包袱……

「這會不會是小偷呢？」他腦中閃過念頭。「他們有拿著什麼東西！大概是我們的衣服！」

斯梅奇科夫把提琴盒放在路邊，去追那些人影。

「站住！」他大喊起來。「站住！抓住他們！」

人影回頭一看，發現有人追趕，便趕快跑開……公爵小姐還聽到好長一陣子的急速腳步聲，以及「站住」的吆喝，最後沉寂了下來。

斯梅奇科夫執迷於追趕，假如不是偶然運氣好有表演的話，美人大概還得要在路

---

[1] 原文用法文「cavalier galant」。

邊地上躺很久。事情是這樣，那時候，斯梅奇科夫的同事——長笛樂手茹奇科夫與單簧管樂手拉茲瑪哈伊金，也正走在那條往畢布洛夫別墅的路上。兩人被提琴盒絆了一下，彼此對望一眼，然後困惑地兩手一攤。

「低音大提琴！」茹奇科夫說。「喔，這不就是我們的斯梅奇科夫的低音大提琴！但它怎麼會跑到這裡來？」

「大概斯梅奇科夫發生了什麼事，」拉茲瑪哈伊金認為。「或者他喝醉了，又或是他被搶劫了……無論如何，把低音大提琴留在這裡可不行。我們把它帶走吧。」

茹奇科夫背起了提琴盒，音樂家們繼續走下去。

「鬼才知道這有多重！」長笛樂手一路上埋怨著。「我無論如何也不要彈奏這種大怪物……哎喲！」

音樂家們來到畢布洛夫的別墅，把低音大提琴盒放在規畫給樂隊演奏的位置上，然後去餐檯那邊吃東西。

這個時候，別墅已經點亮吊燈和壁燈。新郎拉克伊奇[1]是個交通部門的七等文官，

---

[1] 這個姓氏的俄文詞根原意是「奴才」。

漂亮又親切，他站在大廳中央，兩手插在口袋裡，跟施卡利科夫伯爵聊天。他們聊到音樂。

「伯爵，」拉克伊奇說，「我在拿坡里的時候，認識一位小提琴家，他簡直是在創造奇蹟。您不會相信的！他用低音大提琴……用普通的低音大提琴，就能彈出這種厲害無比的顫音，真是不得了！他還會彈奏史特勞斯的華爾滋！」

「夠了，這不可能的……」伯爵懷疑起來。

「我跟您保證！他連李斯特的狂想曲都會彈！我跟他同住一間房，甚至因為沒事做，也跟他學會了用低音大提琴彈奏李斯特的狂想曲。」

「李斯特的狂想曲……哼！……您開玩笑……」

「您不信嗎？」拉克伊奇笑了起來。「那麼我現在就彈給您看！我們去樂隊那裡！」

新郎與伯爵朝樂隊那邊走去。他們靠近低音大提琴，很快解開盒外的皮帶……然後就——啊，糟糕透了！

但在這裡，當讀者們還在恣意空想，想像音樂上爭辯的結局，我們回頭來看看斯梅奇科夫……可憐的音樂家，沒追到小偷，回到他先前放下提琴盒的地方後，卻沒看到他那貴重的負擔。他猜不透原因，在路上來來回回走了好幾次，也沒找到提琴盒，他斷定自己走錯路了……

「這真可怕！」他抓著自己的頭髮，愣愣地想。「她會悶死在盒子裡的！我是凶手！」

一直到半夜，斯梅奇科夫還在幾條路上走來走去尋找提琴盒，但是到最後，他精疲力盡，便回到小橋下。

「天亮的時候我還要去找。」他決定。

天亮後的搜尋結果也是一樣，斯梅奇科夫決定在橋下等到晚上……

「我要找到她！」他喃喃自語，脫下帽子抓抓自己的頭髮。「就算要找上一年，我也要找到她！」

……………………

直到現在，還有故事中所說居住此地的農民，夜裡在小橋附近經常可以看到一個蓬頭亂髮、戴大禮帽的赤裸男人。偶爾，小橋下還會傳來低音大提琴的嘶啞琴聲。

1897 年，契訶夫與穆西娜—普希金娜（D. M. Musina-Pushkina, 1873-1947）在梅利荷沃莊園的林蔭道散步聊天時留影。穆西娜—普希金娜從十八歲開始與契訶夫通信，是作家的仰慕者，她後來成為知名戲劇演員與教授。

【導讀】

契訶夫小說中的幾種愛情

文／台灣大學外文系副教授 **熊宗慧**

一八八六年是契訶夫創作生涯的一個重要起點，他開始以本名安東·契訶夫署名發表文章，顯示他以比較嚴肅的態度面對自己的作品，這是他成熟期的開始，像是〈阿嘉菲雅〉（1886）、〈泥淖〉（1886）、〈不幸〉（1886）、〈幸福〉（1887）、〈吻〉（1887）、〈草原〉（1888）、〈美人〉（1888）等等，這些故事篇幅不一，題材職業多元，人物男女老少都有，場景從城市到鄉村，契訶夫的一枝筆不只觸及了廣袤俄羅斯土地上的各個角落和社會層面，也幾乎含括了各種人生百態，此時的他筆調仍保有幽默、詼諧，面對問題的態度也一貫中立、客觀。

一八九〇年契訶夫橫越一千俄里的國土，進行了一趟庫頁島旅程，完成了島上居民的生活普查和流放犯監獄考察。回來之後，他對現實生活的問題感觸更深，創作有了大幅度的變化，不論是對俄國現實社會問題的關注、民眾福祉的探討，以及俄羅斯民族性等議題上，契訶夫開始展現出比較強硬的態度，像是在《第六病房》(1892)他剖析了俄國社會的病態；在〈農民〉(1897)裡則描繪出農村可怕的貧窮，以及農民無知、野蠻和酗酒的習性，震撼了一向習慣理想化和美化農民的知識分子，這是契訶夫轉變為世界級作家的關鍵期。

一八九二年契訶夫在距離莫斯科南方七十多公里的梅利荷沃買了一棟莊園，之後他大部分的時間都待在這個梅利荷沃莊園創作，這是他的「梅利荷沃時期」，許多讀者熟知的作品，如所謂「小型三部曲」的〈套中人〉、〈醋栗〉和〈關於愛情〉(1898)，還有〈阿麗阿德娜〉(1895)、〈脖子上的安娜〉(1895)、〈帶閣樓的房子〉(1896)、〈帶小狗的女士〉(1899)，以及戲劇作品《海鷗》(1896)等等，都是「梅利荷沃時期」的產物。契訶夫曾自述，在梅利荷沃這個大自然的環抱中，遠離塵囂，遠離城市和莫斯科，對他的生活和創作有極大助益。正是得利於環境和距離感，契訶夫在這時期的作品中不管是在質或量上、內容或創作手法上，皆為俄國評論家稱道。然而一八九七年的一次嚴重咯血之後，契訶夫身體每況愈下，體力精神大不如從前，醫生禁止他太過勞累，要求他多休息。此後，有評論家發現他的作品中出現一種「契訶夫式的憂鬱」，主角總是被某種不可抗拒的愁緒包圍著。比如在〈帶閣樓的房子〉裡，藝術家回憶起某年夏天在鄉間莊園的情景，他說午後天空被雲朵遮住，然後下起「稀疏的細雨」，儘管什麼事情都沒發生，但藝術家卻牢牢記住那「稀疏的細雨」，回憶因此包圍在揮不去的淡淡哀愁中。

一八九九年在健康不見好轉的情況下，契訶夫賣掉梅利荷沃莊園，在溫暖的雅爾達蓋了一棟別墅，年底他搬到雅爾達，然而，他的身體並沒有明顯好轉，一九〇四年契訶夫在德國巴登維勒溫泉區療養時過世。

從以上簡短、不算完整的契訶夫創作歷程來看，契訶夫的作品形形色色、多元豐富，很難想像，一個在二十四歲就咳血，只活了四十多歲，就因為肺結核而過世的文弱之人，是多麼勤奮才能完成五百多部中、短篇小說，以及十幾部戲劇作品的產量？或許在契訶夫病弱的軀體中始終抱持著追求生命的動力吧……

現在手上的這本契訶夫作品選集——《關於愛情》，當中收錄了包括〈美人〉（1888）、〈看戲之後〉（1892）、〈在別墅〉（1886）、〈泥淖〉（1886）、〈尼諾琪卡〉（1885）、〈大瓦洛佳與小瓦洛佳〉（1893）、〈不幸〉（1886）、〈關於愛情〉（1898）、〈帶閣樓的房子〉（1896），以及〈情繫低音大提琴〉（1886）等十篇短篇小說，主題顯然是——關於愛情，從愛情的角度來看契訶夫確實有意思，它貫穿了作家的創作生涯，從早期客觀的態度到晚期漸漸涉入筆下人物的命運，愛情牽連到作家的生活層面出乎意料的廣泛，幾乎含括了他對於美、庸俗、生活、自由和理想的總體觀察和經驗。特別的是，這本《關於愛情》的內容編排不是按照契訶夫的創作年代，而從創作年份來排序也未必能盡窺契訶夫的愛情生活觀，畢竟愛情之於契訶夫總是彎彎曲曲的絲線，因此提供各篇故事之間的內在聯繫，對於理解契訶夫的愛情思索路徑，應該是更好的方法，這應該也是這本選集的獨特之處。

美的感知與愛的萌生

論契訶夫的愛情，或許可以從論美開始，美的感受是一切的開端。第一篇〈美人〉由兩個小故事串成，都是關於美的經驗的回憶。第一段講述的是一次旅程上的短暫邂逅和美的衝擊：敘事者回憶自己十六、七歲時在俄國南方頓河草原的旅途上遇見一位亞美尼亞女孩，女孩古典精緻的臉龐震撼了他，溫馴內向的鄉下男孩在這女孩的臉上首度經驗到美的純粹力量，激發了他對美不可遏抑的追求，出於害羞和自卑，他偷偷窺視女孩，女孩的一舉一動牽動著男孩的心，彷彿她身上有光，那光芒讓男孩的內心激發出一種特殊的情感，那是對自身所處骯髒的、破舊的、壓迫人的、庸俗的現實的反應——這樣的情感日後貫穿了契訶夫一生的作品，構成了所謂的作家態度，這即是——憐憫。男孩憐憫自己、憐憫周圍人過著昆蟲般的生活，也憐憫那個出生在破敗小村，注定也得像昆蟲一樣生活的美麗女孩。顯然，這是契訶夫自身的經驗，奇蹟般美的光芒在十六、七歲那年射入了他的眼，停留在他的雙瞳中，就此保留在心中，成為一種理想，此後他的眼睛總是透過美的三稜鏡去觀看懸浮著塵粒的現實生活，試圖在裡面找到美的光芒，或是片斷的靈感，又或是在汙濁的誘惑中維持清醒。

〈美人〉第二段講述的是一次火車站的驚豔，契訶夫不能免俗地提到了俄羅斯女孩的美，那美儘管沒有古典美的勻稱精緻，但仍具有超脫世俗的個性魅力，能讓人對自身糟糕的生活感到自慚形穢，而這個寫作理念也呼應了第一段的作家態度，但是在第二段故事裡契訶夫講述美時那世故又挑剔的眼光，加上審慎理性的口氣，讓俄羅斯女孩美的感染力遠不及亞美尼亞女孩來的強烈。儘管如此，契訶夫仍將這兩者（和諧的古典美與獨特的個性美）並列在文中，我們可以明白作家所欲闡述的道理，即美是無處不在的，是上天的禮物，如果沒有受過精緻文化洗禮的人也能對上天賜與的美有所感知的話，那麼人出於惰性所造成的庸俗生活就有改善的可能，那也是契訶夫勤奮創作所想要告知世人的訊息：要對自身糟糕的生活有所覺醒，要對美有所感知，要有追求理想的勇氣。

愛的幻想

在〈美人〉之後的是〈看戲之後〉與〈在別墅〉，這兩篇歷來多定位為幽默小品，少有論者將兩篇連上關係，然此選集將兩者編在一起，這樣一來反而讓彼此產生了特殊的共鳴。首先，〈看戲之後〉的娜佳在觀賞完柴可夫斯基的歌劇《奧涅金》後，便耽溺在愛或不愛的悲喜氛圍中，回到家立即情生意動寫了一封情書，她一邊寫，腦中一邊浮起聯翩遐想，對象從原本的軍官轉變成另一個大學生，最終，少女因為過於壅塞的歡喜感受而停下了筆，情書沒有完成。契訶夫的這封少女情書顯然諧擬了普希金的小說《奧涅金》裡女主角塔吉雅娜的情書。俄國大詩人普希金幫自己的女主角捉刀，寫下一封情書，當中所展現的十六歲少女追求愛情的純真和勇氣固然令人感動，但是對契訶夫而言，信中那一絲絲幾乎難以察覺的諧謔語氣才是作家更感興趣之處：普希金模仿少女的筆觸是別出心裁的，一個對愛情有著不切實際的幻想，只知道自己戀愛了的少女孩會寫出什麼樣的情書呢？結論是，那是一封塔吉雅娜的閱讀心得，她把讀過的英法翻譯小說與自己的戀愛心情七拼八湊，剪貼出了一封情書，然後這封少女情書就這麼成了俄國文學的情書典範，對契訶夫而言，這可真是文學上的一個謎。

契訶夫的「塔吉雅娜情書之謎」，在下一篇〈在別墅〉裡做了更多的論證：別墅客維霍德采夫莫名其妙收到了一封情書，看完信後他的反應十分有趣：「『我愛您』……到底她什麼時候來得及愛上我？真是令人驚訝的女人！她就這麼無緣無故愛上了，甚至沒相識也不清楚我是個什麼樣的人……她應該還太年輕、浪漫，如果看個兩三眼就能相愛的話……」維霍德采夫的疑惑其實是衝著普希金的塔吉雅娜而來，因為普希金在作品中解釋塔吉雅娜為何愛上奧涅金時只說：「時候到，愛情就萌芽。」這麼一個簡單的答案無法說服契訶夫，所以他藉維霍德采夫之口提出疑惑，為何女性可以「就這麼無緣無故愛上了」，又可以「看個兩三眼就能相愛」？愛情之於理性的契訶夫，無法單純地因為「時候到，愛情就萌芽」，莫名其妙是契訶夫故事中的男主角對愛情的共同反應，他們總是在探討愛情產生的理由和原因，又為了找不出答案而苦惱。普希金視愛情為自然而然的現象，不會對此提出探討，但是契訶夫卻總是發出連篇的疑問，窮盡一生的筆墨去探索愛情，這之於他始終是個嚴肅的文學課題。例如，在〈寶貝〉和〈跳來跳去的女人〉這兩篇小說中，契訶夫將莫名其妙陷入愛情的女人視為輕佻、愚蠢和庸俗；對同樣會莫名其妙發生愛情的男人也不讚賞；他多次將他那位多情的、總是捲入愛情風波的畫家朋友列維坦寫入作品中，試圖藉他探討愛情莫名其妙這層面的問題，導致兩人的嫌隙；而在〈不幸〉這篇故事裡他甚至將陷入愛欲不能自拔的男人稱為不幸，因為心不再自由，無怪乎作家本人總是小心翼翼地面對愛情，寧可曖昧迂迴，也不願正面坦白。有趣的是，契訶夫晚期的作品像是〈關於愛情〉和〈帶小狗的女士〉這兩篇，男主角的態度發生了轉變，雖然仍是牢騷不斷，但行為表現卻是十足的陶醉在愛情中，連帶還陶醉在……愛情帶來的折磨裡，這時的契訶夫似乎不再質疑普希金的「時候到，愛情就萌芽」的觀點了。

愛欲交戰

情欲與愛情之於俄國作家並非單純的一體兩面。在〈泥淖〉這篇故事中契訶夫塑造了一個強悍的的猶太女人蘇珊娜，大眼高鼻黑髮的她散發出壓迫性的美感，故事中的俄國男人一個接一個如飛蛾撲火般投向她的世界裡，心甘情願身陷其中。有些論者認為作家醜化了猶太人，但此論述其實非常薄弱，或許，那是作家藉一位具有異國情調的女人形象塑造，來進行一次浪漫主義的嘗試，並探索愛欲的界限。中尉軍官索科利斯基代替表兄，向債務人蘇珊娜討債，氣勢不輸男人的蘇珊娜先與中尉言語對峙，繼而兩人竟發展出一幕匪夷所思的情節：男女主角為搶奪一張薄薄的票據竟然搏鬥起來，這一大段書寫是契訶夫作品中罕見的場景，充滿動態的張力：男的本能地抓住女方緊握的拳頭（裡頭有票據），女的「齜牙裂嘴，用盡全力試圖掙脫」，男的進一步用「一隻手緊緊卡住她的腰，另一手則抱胸」。契訶夫將動作如此細緻拆解，很難不引人遐想，然作家並不打算點到為止，他轉入近身肉搏的描寫：女的「像隻鰻魚似的在男的雙手間扭來扭去」，男的「兩手在她全身上下游走」，兩人從房間一頭打到另一頭，蘇珊娜忘我地投入這場肉搏戰，她「滿臉通紅，甚至將自己的臉緊靠在中尉的臉上，因此在他唇上留下淡淡甜香。」最後兩人皆「漲紅了臉、披頭散髮、重重喘氣、對望彼此」，猶太女人「臉上凶狠貓咪的表情漸漸變成和善的微笑……」這一段文字任誰都看得出其中賁張的情欲，也明白男女搏鬥的性暗喻，此篇中的蘇珊娜集誘惑與致命於一身，與前面亞美尼亞女孩所呈現的美截然相反，這是一種墮落又危險的美，可也是一種對於美的體驗。

但還是不禁要問，契訶夫筆下的男人竟和女人動手？那真的不太符合契訶夫男女主角的相處模式，也不符合俄國知識分子階層的道德禮教。男人怎能對女人動手？問題是，這篇的目的就是藉著拋卻道德禮教來檢視道德禮教。以中尉來說，他的動手看似情非得已，但其實是以被激怒的姿態，順水推舟地將禮教拋在腦後，進而跟蘇珊娜進行一場近似魚水之歡的糾纏。

契訶夫這樣的描寫很難不讓我聯想到萊蒙托夫小說《當代英雄》裡的一篇故事〈塔曼〉：外派到俄國南方小鎮塔曼的軍官佩喬林，無意中發現當地的走私集團，於是和集團的成員——韃靼少女，在海上的小船裡發生一場生死搏鬥。萊蒙托夫在此篇安排的情節元素，包括南方邊陲小鎮、海邊、走私、異國情調的少女等等，全都指出這是一個化外之地，道德禮教在此不管用，因而軍官佩喬林便以自衛的藉口和少女發生近身搏鬥，年輕軍官和狂野韃靼少女的搏鬥，不論怎麼看，就是充滿了綺情浪漫的意味。契訶夫對萊蒙托夫這篇〈塔曼〉情有獨鍾，不只一次讚賞萊蒙托夫年紀輕輕（二十六歲）就寫出了〈塔曼〉這樣結構和風格近乎完美的作品。

在某種層面上，〈泥淖〉模倣了〈塔曼〉的這段情節，而女主角的塑造尤其關鍵，兩篇的女主角都是帶有異國風味的女人，性格皆叛逆強悍，將男主角刺激到完全不顧禮教，進而發生一場不要命的激情冒險。只是萊蒙托夫的佩喬林最後順利脫困，但〈泥淖〉裡的男人卻無一能掙脫蘇珊娜設下的陷阱，那個搏鬥完後還能「哈哈大笑，並且用單腳轉身，朝著擺好早餐的房間走去」的蘇珊娜，本來就是等著男人卸下道德禮教的藉口，而那個藉故拋去道德禮教，最後落得「拖著步伐慢慢跟著她走」的中尉，就這樣沉淪在無道德感的愛欲泥淖中。

困在日常生活中的愛

〈泥淖〉裡的蘇珊娜讓契訶夫完成了一次暢快的情欲書寫，但這篇是異數，作家描寫最多的仍是發生在日常生活中的小風暴，這類小風暴的主題之一即是違反社會規範的戀情，簡單講就是不倫戀。不倫戀本身的基調即是和現實社會規範衝突，這是一個道德試煉場。契訶夫喜歡觀察這種不倫戀可能對生活帶來的轉變契機，而他筆下主角的不倫戀帶有一個特色：即使發生不倫戀，即便主角內心起伏掙扎，卻常常不為身邊伴侶察覺，現實生活的平靜無波與主角內心的激動起伏形成外冷內熱的對比，像在

〈不幸〉和〈關於愛情〉兩篇故事裡直到結尾做丈夫的仍舊渾然不知（或不關心）妻子的外遇和心情的變化。契訶夫一直都在經營這樣的主題，他讓主角透過大段獨白或告白展現內心的思索，這種思索反映出對自身的反省和對周遭人物的檢視，並透露出一種改變生活的可能性，像〈不幸〉裡契訶夫描寫人妻索菲雅．彼得羅芙娜因伊利英熱情的追求而心猿意馬，她開始檢視自己的生活，發現丈夫無趣，孩子冷淡，她試圖挽回家庭，但強大的外來情感吸引力彷彿無法抵擋的暴風，將她向外推，她終於踏出家門外，而故事也凝結在她停不下的腳步上，而這「停不下的腳步」即暗示對新生活的幻想……

契訶夫的不倫戀裡，搭配這種大段獨白和告白的外在動作卻意外地低調，僅透過幾個幅度不大的動作表露情感，像是下跪、抱膝、擁肩、握緊對方的手、含淚的親吻，以及劃十字禱告，這種動作內斂而壓抑，卻充滿情感的爆發力。再以〈不幸〉為例，公證人伊利英暗戀人妻索菲雅．彼得羅芙娜，內心感到苦悶，低氣壓的苦悶在一個天時地利人和的情況下瞬間爆發，伊利英跪下，抱住索菲雅．彼得羅芙娜的雙膝，接著將內心暗戀的苦悶翻江倒海地吐露；又如在〈關於愛情〉中地主阿柳興愛上地方法院副庭長的妻子安娜，也知道彼鍾情於他，但兩人始終未說出對彼此的愛。結局安娜坐火車離去前，阿柳興衝進車廂，先是擁住安娜，接著是含淚的親吻，最後才說出那千呼萬喚的告白。這兩篇恰巧，又或者不是恰巧，主角都愛上別人的妻子，似乎他們在違反社會規範的戀情中才真能體會到愛，又因為愛而試圖小小地突破禁忌，而他們的小叛逆看來最終也難保不會被日常生活那淡淡的流水給沖刷掉。

這是抒情化了的不倫戀，更多契訶夫的不倫戀呈現的仍是生活的庸俗面，例如在〈尼諾琪卡〉中契訶夫講述了一個對妻子和朋友的偷情睜一隻眼閉一隻眼的懦弱丈夫，他甚至讓出自己的房間給兩人用，自己則蜷縮到儲藏室去，讀者是要責備偷情的人不道德？還是斥責丈夫的懦弱呢？在契訶夫看來，正是偷情突顯了生活上的集體庸俗；在〈大瓦洛佳與小瓦洛佳〉裡契訶夫又設計了一個道德試煉的局：索菲雅暗戀小瓦洛佳，小瓦洛佳對她也很曖昧，卻始終不表態，久等不到對方的回應，索菲雅「一氣之下」嫁給年紀大她很多的大瓦洛佳，這麼一來，小瓦洛佳反而對她緊追不捨，最後索菲雅如願以償和小瓦洛佳發生關係，但很快就被他拋棄。索菲雅的人生毀了，但這是誰該對誰負責呢？契訶夫講述這些故事時，嚴守客觀的立場，不評價對錯，但其實心中仍有態度，例如，契訶夫描寫尼諾琪卡歇斯底里對丈夫發脾氣，但情夫一出現卻馬上「像枝羽毛般輕飄飄地掛在男人的脖子上」，這樣對照的描寫輕易便顯示出尼諾琪卡輕浮的性格；而在描寫索菲雅和小瓦洛佳發生關係的場景時，契訶夫以「過了半個小時，他（小瓦洛佳）得到了他所需要的之後，坐在餐廳裡吃點東西」一句話帶過，然此一句卻盡顯生理快感的短暫與庸俗生活的難堪。

愛作為一種希望

來到〈帶閣樓的房子〉這篇小說，它在契訶夫作品中占有特別地位。在這故事裡契訶夫模仿了屠格涅夫的風格，將場景搬到鄉間，讓故事在一座古典貴族莊園裡展開，個性閒散的畫家一邊與蜜秀斯談情說愛，一邊與她姐姐莉達爭辯俄羅斯人民的勞動、教育和民族性等等問題，並在這些問題上引入托爾斯泰的觀點，像重視地方教育和醫療設施的莉達，她的改善論就很有托爾斯泰某一時期論述的味道，而凡事一定和莉達持相反意見的畫家，他提出砍斷奴役人民的枷鎖，讓事情獲得一次性解決的說法，則接近革命分子的論點。儘管高談大道理，這篇故事不會讓人覺得枯燥，原因在於契訶夫將愛情、勞動和教育等所有議題融在田園生活閒逸的情調中，一種如煙似霧，不似在人間的感受。對於蜜秀斯，畫家雖在獨白時說愛她，但又說「應該是說，我愛她，因為她經常接送我，因為她溫柔又欽佩地望著我」，再加上畫家對蜜秀斯的依賴總是發生在自覺受到莉達的輕視之後，這難免讓人疑惑畫家口中的愛。閒散自在的天性讓蜜秀斯和畫家對彼此感到格外契合，而莉達由於太過嚴肅和強勢的個性讓畫家感到難以親近，但無法不去注意的是，即使認為莉達討厭他，畫家的眼睛卻始終不自主地跟隨莉達的身影轉，說「手拿鞭子，勻稱美麗」的她明亮動人。最後由於莉達的阻撓，蜜秀斯離開了莊園，離開了畫家，一段戀情無聲無息結束。乍看之下，是莉達阻撓了兩人，但明眼人都知道，依據莉達準確的地點告知，畫家不會找不到蜜秀斯。所以，篇末的重點完全不是畫家找不找得到心上人蜜秀斯，也不是會不會去找，契訶夫並非刻意留下懸疑的結尾，他要刻畫的或許是一種猶疑在當下現實與未來想像之間的心理困境：「我已經開始遺忘那棟帶閣樓的房子……在我苦於孤單、感到憂傷的時刻，這些回憶又更模糊了些，漸漸地，我不知道為什麼開始覺得，也有人在想著我，有人在等著我，還覺得我們將會相遇」，而整體作品借用屠格涅夫式的氛圍，讓畫家最後嘆息一聲：「蜜秀斯，妳在哪裡？」——給結局留下一個往事只能追憶的美好愁緒，更是突顯了這個困窘的心境。

〈帶閣樓的房子〉裡畫家忍不住吻了蜜秀斯，打開了某種禁忌的魔法盒，結果是他失去了心愛的蜜秀斯，只留下愛的追憶與飄渺的希望——我們懷著這樣的情緒來到〈情繫低音大提琴〉，會發現此篇放在選集末尾是神來一筆。故事一開始：音樂家斯梅奇科夫（詞義為「琴弓」）……唉，俄國至今還沒有產生這個姓氏的音樂家，所以，契訶夫從故事一開始就展現他頑童般的調皮了。琴弓先生機緣巧合似地前往畢布洛夫公爵家演奏。然而，可惜的是，俄國至今也沒有一位公爵是叫畢布洛夫（音近「嗶噗」令人發笑）。總之音樂家斯梅奇科夫上路了，而且是揹著低音大提琴走著去……但是，一般說來，音樂家通常不會揹著低音大提琴參加音樂會的！讀到這裡俄國讀者通常已經笑出聲來，看來光是第一段就是一連串令人發噱的不可能。契訶夫繼續他一本正經的調皮：斯梅奇科夫沿著河邊走，「清涼的河水滾滾，儘管不算澎湃，但也相當詩意」，讀至此如果悶笑起來，那麼你大概在這裡面讀到了果戈里的文字風格。隨著詩意萌發，斯梅奇科夫腦海中冒出了「游泳」的畫面，為什麼詩意要跟游泳扯上關係？大概契訶夫會說，唉，這只有俄國人才懂！（據說契訶夫有次拜訪托爾斯泰，兩人在莊園散步經過池塘時，托爾斯泰興致一來邀他下水游泳，話才說完便立即跳下水，留在岸邊的契訶夫頓時不知所措。）琴弓先生游著游著，他看到一位釣魚釣到睡著（！）的美麗女孩，女孩勾起了他的回憶，包括那個勾引他妻子的「狗養的吹巴松管的索巴金」，「狗養的索巴金」在此一語雙關，既是姓氏，又是字面意思，用文字玩弄俄國姓氏的技巧，契訶夫和果戈里一樣擅長。

某種程度上，這一篇故事充滿了文學的互文性，除了已經提到的果戈里，契訶夫還偷偷揶揄了杜斯妥也夫斯基。契訶夫說斯梅奇科夫衣服被偷後，「他想了很久，想得很痛苦，想到太陽穴都發疼」，才想到要躲到橋下去。唉呀，俄國文學家裡真的只有杜斯妥也夫斯基會讓自己的主角想到「太陽穴都發疼」。

不知怎麼，音樂家和少女的衣服接連被偷，赤身露體的兩人都躲到橋下，音樂家說服少女躺進提琴盒，他打算把這提琴盒揹到（！）公爵家，不料半路出現形似偷衣賊的身影，音樂家追了過去，提琴盒被留在路邊，最後這提琴盒還是陰錯陽差被送到畢布洛夫公爵家。

契訶夫這一篇虛構的故事據說讓寫實主義大師托爾斯泰不能理解，卻讓諾貝爾文學獎得主布寧拍手讚賞。其實，除了虛構性，小說還充滿神話性，這個特質是很少出現在契訶夫作品中，然就這麼一篇〈情繫低音大提琴〉也足矣。那裝著美人的低音提琴盒像不像是潘朵拉的盒子？神話裡潘朵拉打開盒子，所有災難跑到人間，所幸最後還剩下「希望」，契訶夫的低音提琴盒也具有這麼一個象徵，低音提琴盒最後被打開了，留下驚呼：「啊，糟糕透了！」但是調皮的契訶夫卻讓提琴盒就這樣停在被打開的瞬間，留給讀者無限的想像。從盒子裡真的會跳出一個美人嗎？而斯梅奇科夫呢？那個被妻子和朋友背叛、不相信人性的音樂家呢？他為什麼堅持要找到提琴盒？他真的是怕躺在琴盒裡的美人悶死嗎？還是琴盒對他來說，是一種愛情的可能呢？那琴盒裡是否留著愛的希望呢？那徘徊在橋底的赤裸男人就是斯梅奇科夫嗎？直到現在他（或者說你我身邊任何一個與他相似的人）是否還在尋覓著愛情呢？

就像莎士比亞《仲夏夜之夢》裡的精靈，契訶夫的〈情繫低音大提琴〉喚起了讀者心中的浮想聯翩，為我們編織了一個浪漫的夏日之夢。

【譯後記】

關於愛情，契訶夫要說的是

文／丘光

最近幾年，契訶夫是我日常生活的一個部分，自從上次新譯了《帶小狗的女士》之後，我偶爾隨手拿到一本他的作品集或是談他的書，就依著當時的心情翻閱一兩篇，或讀出幾段令我著迷的描寫，這些閱讀印象漸漸跟我的生活融在一起，我喜歡用這樣的方式讀契訶夫。

那次我讀到一篇從前不曾看過的〈情繫低音大提琴〉，滿心歡喜，彷彿在連綿的陰天來了一陣柔和但遮擋不住的風，驅散了煩悶的日子，也好像感知到了一些東西，讓我聯想到一整片契訶夫的風景，就是這篇小故事串起了我讀過的契訶夫，讓我想再多選幾篇集成冊翻譯出來一起讀，試著將當時那種愉快感受凝聚成一種日常風景。

這是篇帶有奇想趣味的關於愛情的故事：

一個低音大提琴樂手前往公爵家，將在公爵小姐訂婚的音樂舞會上演奏，他沿著小河走，感到清涼的河水滾滾中有一股詩意，便不自禁下水去泡一泡，他的身心融入大自然的和諧中……這平凡無奇的一泡卻讓他的命運產生急遽的變化：因為昔日的愛情挫折，他喪失了對人的信任，「本以為已經不能夠再去愛人了」，這時在河邊巧遇一位釣魚中的美人，她釣到睡著了，而他看到呆住，眼前這美的感受令他震撼不已，心裡的紛紛思緒喚回了他消逝的愛情……於是他動念捉弄起她，摘了一束花草綁在魚鉤上，送給美人一個神祕的禮物。

不料，兩人的衣服雙雙被偷了，先後躲到小橋下聚在一起，男樂手得知這美人就是公爵小姐，提議她先躺進低音大提琴盒中遮羞，承諾將她送回家去。通常，那一束花草的禮物本該在浪漫情節上起魔法般的作用，把互不相識的男女牽上姻緣線，但契訶夫並不這麼寫愛情，他把男女主角在現實中分開，只在（至少一方的）心裡的想像中擁有；作家似乎偏好這種現實枉然而心理富饒（或複雜）的愛情，在其他許多篇中也可以見到。因此，在一路上的機緣巧合下，兩人失散，樂手懊惱不已，不知道美人與盒子已經被路過的同事送回去，仍不斷在路上來回找尋這個裝載著愛情想像的巨大的低音大提琴盒。

契訶夫的故事往往讓讀者在他人的愛情中看到自己生活的困境，表面上，人困在愛情中，陷在生活中，沒結果也沒出路，然而，仔細再看看，依稀又看出了一條困與脫困之間的界線，似乎只要找回對生活的感受、對愛的感動，便能跨越那條線脫困而出。對他筆下的角色們而言，或許難以找到出路，也或者不想找，但是對契訶夫劇場的老主顧來說，似乎夠清楚了——一如〈情繫低音大提琴〉的結尾，這個重新感知到美與愛的人，永遠不放棄找尋愛情與新生活的想像。

契訶夫在世的時候就對人家說他悲觀很不以為然，曾對作家布寧抱怨過：他哪裡悲觀了呢？他平日對周遭朋友很喜歡說笑，表現出樂觀的生活態度，像過世前幾個月（當時他身體已經很糟了）給友人阿維洛娃的信中還開導她：「開心些，生活別太鑽牛角尖，這樣想必會輕鬆點。我們不知道，生活是不是值得讓人痛苦思索，耗損我們俄羅斯人的頭腦——這都還是個問題。」還有令人動容的是，生前最後幾天他在德國巴登維勒療養，妻子克妮珀回憶當時的情景：「甚至死前的幾小時他都還想出一個故事逗我開心……」

契訶夫二十七歲出版《在黃昏》這本小說集的時候，曾解釋題名的由來：生活是沉重，人們在一天的操煩後，在黃昏這個休憩時刻，拿起這本書來讀，或可解悶。

這一切彷彿告訴我們：生活本身或許沉重，但人得用樂觀的心去面對。

他這份樂觀，儘管多少伴著沉痛的人生際遇：青少年時形同被家人拋棄，二十四歲便因為肺病嚴重大咯血——此後他一輩子抱著疾病纏身的憂傷心情，但他顯然沒有被這些沉重的思緒給奴役，而是不斷創新找到未來的出路。

我閱讀這些小說後，找出篇與篇之間的內在連繫，試著排列串出一種想像的空間，試著貼近契訶夫，試著夢想讓整個新譯本產生新的時空意義……有那麼一瞬間，我感到了一股自由，彷彿有什麼東西正要飛了起來！

1901 年，契訶夫與正在克里米亞療養中的托爾斯泰合影。

契訶夫年表

編輯、圖說／丘光

一八六〇年

一月十七日（即新曆一月二十九日，以下日期除特別標示外，皆為俄曆），安東．帕夫羅維奇．契訶夫出生於俄羅斯亞述海濱塔干羅格市的商人之家，為家中第三子。

一八六七年

契訶夫和二哥尼古拉，一起進入希臘教區小學就讀（根據大哥亞歷山大的說法，這是父親打算培養他們倆日後方便跟希臘人做生意）。從這年開始與兩位哥哥一起在父親組織的教會合唱團唱歌。

一八六八年

八月，轉至塔干羅格中學預科班就讀；學校其中一位神學科老師波克羅夫斯基幫他取了外號「契洪特」，這也是日後契訶夫最重要的一個筆名。

右圖為契訶夫的父親帕維爾．葉戈羅維奇，左為母親葉夫根妮雅．雅科夫列芙娜。作家曾說：「我們的天賦來自於父親，而靈魂則來自於母親。」

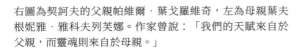

一八七三年

秋，第一次到劇院看戲，欣賞法國作曲家賈克．奧芬巴哈的輕歌劇《美麗的海倫》。這年第一次有了對文學寫作的構思，考慮改寫果戈里的小說《塔拉斯．布里巴》為悲劇。

一八七四年

這年開始熱中參與家庭戲劇表演，飾演過果戈里《欽差大臣》中的市長。到中學畢業之前經常到劇院看戲。

一八七五年

六～七月，隨爺爺葉戈爾到亞美尼亞人的大薩雷村辦事，在那裡遇見一位美麗的女孩，日後據此回憶寫下小說〈美人〉。

一八七六年

契訶夫的父親破產，為了逃避債務監獄，全家搬到莫斯科，留下安東和小一歲的弟弟伊凡，一年

一八六九年～一八七四年契訶夫一家的住所（二樓），一樓是父親的食品雜貨店，契訶夫經常在店裡幫忙。

後弟弟到莫斯科與家人會合。

一八七七年

三月二十日~四月十日，復活節假期首度去莫斯科，探親、看戲、逛街。十月，開始把自己的幽默小品文寄給大哥亞歷山大嘗試投稿。

一八七八年

首次創作戲劇《沒有父親的人》（後稱《普拉東諾夫》），生前未發表，作家過世後十九年才被發現。

一八七九年

三月十二日，爺爺過世。六月十五日，中學畢業，獲塔干羅格市議會每個月二十五盧布的獎學金；八月八日，到莫斯科，與全家人住在現在的水管街一間潮溼的地下室，再加上兩位中學同學寄宿；九月，進入莫斯科大學醫學系。十一月，被《鬧鐘》雜誌退稿；與妹妹在大劇院聽格林卡的歌劇《為

一八七四年契訶夫一家及親戚合影，後排站者左起弟伊凡、安東、二哥尼古拉、大哥亞歷山大，前排坐者左起小弟米哈伊爾、妹瑪麗雅、父親、母親。

沙皇獻身》。

一八八〇年

三月九日，首次刊登文章，在彼得堡的幽默文學週刊《蜻蜓》發表《給博學鄰居的一封信》；今年在此雜誌總共發表了十篇作品。六月六日，普希金紀念碑在莫斯科市中心揭幕，二哥尼古拉在現場作畫，喜歡普希金的契訶夫有可能也在場。十二月七日，小說〈藝術家的妻子〉刊在《分鐘報》，署名「唐．安東尼奧．契洪特」。進大學的頭幾年，他在畫家哥哥尼古拉的介紹下，認識了畫家列維坦、建築師舍赫捷利、畫家科羅溫、畫家涅斯捷羅夫。

一八八一年

十一月，西班牙小提琴家薩拉沙泰巡迴演出至莫斯科，契訶夫去聽演奏會與他結識。十二月二十九日，在《鬧鐘》雜誌認識作家吉利亞羅夫斯基。十二月底，收到薩拉沙泰從羅馬寄來的紀

1891 年契訶夫給米濟諾娃的一封信中畫了戀愛的圖案，並寫：「這是我的簽名。」

1893 年契訶夫與米濟諾娃在梅利荷沃莊園合影；她與契訶夫的妹妹瑪麗雅曾一起在中學教書，經常以瑪麗雅的朋友的身分到契訶夫家聚會。

念照片，上面用義大利文寫：「給我親愛的朋友安東尼奧．契洪特醫生，以示對醫學的感謝……」

一八八二年

在《莫斯科》、《鬧鐘》、《光和影》、《讀者》、《同路人》、《日常對談》等雜誌中，共發表了三十二篇作品，並於年底受邀與《花絮》雜誌合作。準備出版原本應是第一部作品集的《玩鬧》，由二哥尼古拉插畫，後來可能未通過審查而沒能出版。

一八八三年

五月～六月，在莫斯科省沃斯克列先斯克度夏，並到地方自治醫院實習。七月，《花絮》刊登〈一個小官員之死〉，十月，《花絮》刊登〈胖子與瘦子〉，這兩篇成為早期的經典代表作。

一八八四年

六月，出版首作《墨爾波墨涅的故事》（署名

女演員米濟諾娃（L. S. Mizinova, 1870-1939）於 1889 年首次到契訶夫家作客（此前一兩年應就認識），被作家暱稱「美麗的麗卡」，契訶夫給她的信經常開曖昧的玩笑，留給她許多愛情的想像空間。米濟諾娃深愛契訶夫卻得不到回應後，1894 年 9 月給契訶夫的信上說：「我非常非常不幸。您別笑。從前的麗卡已經消失無蹤，而我認為，我還是不得不說，都是您的錯！」這年她認識一位文壇浪子波塔賓科，「一氣之下」跟著已婚的他去巴黎同居，生下一女，卻很快夭折，結果這負心男回到老婆身邊。契訶夫得知後很不滿，後來把波塔賓科和米濟諾娃這段荒唐事寫進小說〈阿麗阿德娜〉和戲劇《海鷗》中，兩人即是戲中特里戈林和妮娜角色的原型。

「A．契洪特」）。六月，從莫斯科大學畢業，獲醫生執照，短暫行醫數月。十二月七日～十日，第一次嚴重地咯血（肺部問題）。

一八八五年

五月，開始與《彼得堡報》合作。十二月，首度去彼得堡，認識《新時代報》的負責人蘇沃林，受邀寫稿，兩人開始長期通信。

一八八六年

二月十五日，首次在《新時代報》刊登作品〈安靈祭〉，首次以本名「安．契訶夫」發表。三月，作家德米特里．格里戈羅維奇寫信給契訶夫：「你擁有真正的天賦，而這天賦會讓你成為新世代的作家……我相信你一定能夠寫出具有藝術家特質的完美作品！」他並鼓勵契訶夫寫嚴肅的題材。

一八八七年

九月，出版小說集《在黃昏》，此書獻給德米特

契訶夫位於莫斯科市區庫德林諾的住所（1886-90），弟米哈伊爾繪。這裡有不少名人來訪過契訶夫，包括音樂家柴可夫斯基。1889 年，柴可夫斯基給友人的信中提到對契訶夫的賞識：「您知不知道最近出現一個大天才契訶夫？……我認為，他是我們文學未來的支柱。」

里．格里戈羅維奇。十月初，完成喜劇《伊凡諾夫》，十一月，在莫斯科的科爾什劇院首演。前往塔干羅格等地旅行。開始嘗試長篇小說。

一八八八年

五月，出版《故事集》，非常暢銷，多次再刷。六月，《北方通報》刊登中篇小說〈燈火〉，被認為帶有相當的作者隱私特質。九月～十月，改寫喜劇《伊凡諾夫》為戲劇。十月，小說集《在黃昏》獲得科學院的普希金獎。

一八八九年

一月三十一日，《伊凡諾夫》在聖彼得堡亞歷山德拉劇院首演。六月十七日，二哥畫家尼古拉因肺結核過世，帶給作家至深的悲痛。十月十四日，柴可夫斯基來訪，討論合作改編萊蒙托夫小說《當代英雄》中的〈貝拉〉為輕歌劇的構想。十二月二十七日，四幕喜劇《林妖》在莫斯科的阿布拉莫娃劇院首演。

女作家阿維洛娃（L. A. Avilova, 1864-1943）於 1889 年 1 月 29 日在《彼得堡報》的發行人胡杰科夫（她的姊夫）家中認識契訶夫，後來常向契訶夫諮詢寫作上的意見，雙方長期保持友誼。阿維洛娃與先生的婚姻不幸福，她不愛先生，而先生輕視她的寫作，她認為〈關於愛情〉就是她和契訶夫之間的故事。她過世前幾年寫的回憶錄小說《我生命中的契訶夫》，仍對契訶夫念念不忘：「現在多少年過去了（編按：此時她七十歲左右）。我整個人灰白蒼老……活得沉重，活得倦煩，活得令人討厭。我已經不是在過活……但是我越來越喜愛孤獨、安寧、靜謐，以及夢想，這夢想就是契訶夫。在夢想中我們兩人還年輕，並且在一起。我在這筆記本中所寫的，試圖釐清紊亂異常的一團絲線，要解決一個問題：就是我們倆是否愛過？他愛過？或我愛過？……我無法釐清這個線團。」

一八九〇年

三月，出版小說集《陰鬱的人》，獻給柴可夫斯基。四月二十一日，出發前往庫頁島，花兩個半月穿越西伯利亞；六月二十～二十六日，乘渡輪沿黑龍江東行，讚嘆自然之美，「想永遠留在這裡住」；七月十一日，抵達庫頁島，「我看見了一切，現在的問題不是我看到了什麼，而是我怎麼看到的……我們須要工作，其他的都別管了，重要的是，我們要做對的事，其他一切也將隨之轉好。」《新時代報》刊登這時期的旅遊隨筆。十月十三日離開庫頁島，搭船南行經香港、新加坡、斯里蘭卡等地，再過蘇伊士運河抵達黑海的敖得薩，十二月八日返回莫斯科。

一八九一年

一月，前往聖彼得堡，和司法部門官員科尼會面，討論如何改善庫頁島孩子們的生活。二月～三月，寄了七箱書到庫頁島，提供給當地學校。三月，和蘇沃林一起出國到歐洲各地旅行；五月，回到

1892年，契訶夫（前排坐者）與親戚朋友在梅利荷沃莊園坐手推車，推車者是作家吉利亞羅夫斯基（V. A. Gilyarovsky, 1855-1935），畫家列維坦攝影。

莫斯科。夏天，和家人一起前往圖拉省阿列克辛的鄉間別墅度假，之後搬到不遠的奧卡河附近的博吉莫沃村，在這裡寫《庫頁島》、〈決鬥〉。

一八九二年

一月，在《北方》發表〈跳來跳去的女人〉，導致與畫家列維坦（自覺此文影射他）關係破裂，後者甚至提出決鬥。三月，在莫斯科省的梅利荷沃買了一塊地，之後全家搬到這裡的莊園。夏天，霍亂疫情爆發，積極參與醫療工作的契訶夫回憶：「我們這些鄉村醫生都準備好了……從七月到八月，我至少看診了五百位病患，大概還可能有上千人。」十一月，在《俄羅斯思想》雜誌發表〈第六病房〉。

一八九三年

出版小說《第六病房》。在《俄羅斯思想》發表《庫頁島》的部分內容。十月，收到柴可夫斯基過世的電報。在梅利荷沃舉行新年除夕晚會，參加者

女作家莎弗羅娃於 1889 年認識契訶夫，當時十五歲的她到雅爾達街上等候契訶夫，某天早晨她見契訶夫從別墅出門到維爾涅的鋪子喝咖啡，便勇敢走進去與自己心儀的作家「不期而遇」，然後拿出自己創作的小說請教意見，之後雙方通信十年，她陸續寄了大約二十篇短篇小說草稿，契訶夫也耐心回覆，點出她作品的優點，也嚴格批評許多缺失。她夢想成為優秀的女作家，但是最終並不如願。契訶夫過世多年後她回憶：「他除了非凡的天才，還有一份愛的天賦，一份積極愛人們的天賦。」

包括米濟諾娃和作家波塔賓科。

一八九四年

一月，在《藝術家》發表小說〈黑修士〉，主角的精神問題引發熱烈討論，契訶夫表示多數評論家都沒看懂。三月，因為健康狀況日見惡化，去克里米亞療養。四月，在《俄羅斯公報》發表小說〈大學生〉，契訶夫自己很喜歡此作。九月，出國至歐洲各地旅行。

一八九五年

一月，與畫家列維坦絕交三年後，恢復友誼關係，列維坦至梅利荷沃莊園拜訪。二月，在《俄羅斯思想》發表小說〈三年〉。五月～六月，出版《庫頁島》。六月底～七月初，列維坦在特維爾省的戈爾卡莊園作畫時，因感情問題「試圖自殺」未遂，之後在湖邊槍殺了一隻海鷗——契訶夫去探望後從這個事件中得到兩部作品的靈感：〈帶閣樓的房子〉和《海鷗》。八月，前往圖拉省的晴

1898 年契訶夫為莫斯科藝術劇院的劇組朗讀《海鷗》，契訶夫坐正中央拿書，在這張傳奇照片中還可以看到：左一站者是涅米羅維奇－丹欽科（導演），左三半站半坐者是演員克妮珀（飾阿爾卡金娜），契訶夫右邊坐的是導演兼演員斯坦尼斯拉夫斯基（飾特里戈林），契訶夫左邊坐的是斯坦尼斯拉夫斯基之妻演員莉琳娜（飾瑪莎），圖右一坐的是演員梅耶荷德（飾特列普列夫）——他有時不會出現在這張照片中，1940年他被史達林迫害槍決，因此蘇聯時代有很長一段時間都把他從照片中裁掉。

園，第一次和托爾斯泰會面。十月～十一月，構思創作劇本《海鷗》。十二月，在《俄羅斯思想》發表小說〈阿麗阿德娜〉，認識作家布寧。

一八九六年

一月～二月，前往聖彼得堡兩次，與作家科羅連科、作家波塔賓科、作家阿維洛娃會面。二月，前往莫斯科與托爾斯泰會面。四月，在《俄羅斯思想》雜誌發表〈帶閣樓的房子〉。八月底～九月中，遊覽俄羅斯南方與高加索等地。十月，聖彼得堡的亞歷山德拉劇院排演《海鷗》，十月十七日，《海鷗》首演遭受挫敗。

一八九七年

一月，參與謝爾普霍夫縣的人口普查。三月二十五日～四月十日，因大咯血住院。四月，在《俄羅斯思想》雜誌刊登未經審查的中篇小說《農民》，對農民處境的寫實刻畫引起社會激烈爭論。五月，蘇沃林的出版社出版了契訶夫的《劇本選》

女演員亞沃爾斯卡雅（L. B. Yavorskaya, 1871-1921）於 1893 年在愛沙尼亞的塔林初登舞台演出契訶夫的輕歌舞劇《熊》，同年夏天轉至莫斯科的科爾什劇院與謝普金娜－庫佩爾尼克成為同事好友，秋天認識契訶夫。
1895 年 1 月，契訶夫從梅利荷沃搬到「大莫斯科」旅館（離她的旅館很近）住了一段時間，傳出與她有戀情的緋聞，鬧得很大，連米濟諾娃都語帶醋意地問契訶夫什麼時候要跟亞沃爾斯卡雅結婚。
契訶夫小說〈阿麗阿德娜〉的女主角有非常濃厚的亞沃爾斯卡雅的形象。
她後來演過《海鷗》的妮娜、《三姊妹》的瑪莎。

（其中包括初刊登的《凡尼亞舅舅》）。十月～十一月，為《俄羅斯公報》寫短篇小說〈在祖國的角落〉、〈佩臣涅格〉。十二月，關注法國「德雷弗斯事件」相關報導後表示：「在我看來，德雷弗斯無罪。」

一八九八年

一月，因「德雷弗斯事件」立場與《新時代報》不同，與蘇沃林不再往來。五月，回到梅利荷沃，收到導演涅米羅維奇－丹欽科的來信，請求准許《海鷗》在莫斯科大眾藝術劇院演出。契訶夫和他會面詳談後同意。五月～六月，寫短篇小說〈姚內奇〉、〈套中人〉、〈醋栗〉、〈關於愛情〉。九月九日～十四日，參與莫斯科藝術劇院《沙皇費奧多爾．尤安諾維奇》、《海鷗》的排演。九月十五日，到雅爾達，與詩人巴利蒙特、歌唱家沙里亞賓、作曲家拉赫曼尼諾夫會面。到塞瓦斯托堡附近的格奧吉耶夫斯基修道院旅行。十月十二日，父親在疝氣手術後過世。十一月九日，

「聖安東尼的誘惑」
照片由左依序為女演員謝普金娜－庫佩爾尼克、亞沃爾斯卡雅、契訶夫。
謝普金娜－庫佩爾尼回憶這張照片的由來：
這是 1894 年為一家刊物拍的作者照，攝影師幫我們三位合影留念，我們坐了很久，當攝影師說「看這邊」的時候，契訶夫轉頭擺出一張死版的臉，而我們兩個女孩靜不下來，笑個不停，還一直逗弄他，後來契訶夫幽默地把這張照片下了這個有宗教寓意典故的標題。

拉赫曼尼諾夫將《懸崖》幻想曲獻給契訶夫，此曲靈感來自契訶夫短篇小說〈在路上〉。十一月～十二月，為了薩瑪拉省的饑民辦勸募會；寫〈出診〉、〈公差〉、〈寶貝〉、〈新別墅〉。十二月七日，《海鷗》在莫斯科藝術劇院首演。涅米羅維奇－丹欽科來電報：「《海鷗》的演出受到熱烈歡迎。從第一幕開始喝采就接連不斷。無止境的謝幕。我說明作者不在劇院內，大家要以自己的名義發電給契訶夫致意。我們高興極了。」

一八九九年

一月，小說〈公差〉刊出。三月十九日，與來訪雅爾達的作家高爾基認識。四月初，和作家庫普林認識，與布寧會面。四月十日，到莫斯科，與演員克妮珀、托爾斯泰會面；契訶夫決定把《凡尼亞舅舅》交給莫斯科藝術劇院演出。六月十二日，訪塔干羅格，自新羅西斯科出發，在那與克妮珀會面。十月二十六日，《凡尼亞舅舅》在莫斯科藝術劇院首演。十二月，馬爾克思出版社發

女作家謝普金娜－庫佩爾尼克（T. L. Shchepkina-Kupernik, 1874-1952）於 1893 年認識契訶夫，當時她是科爾什劇院的女演員，之後與契訶夫一家人都要好，成了梅利荷沃莊園的常客。那時候她和好友亞沃爾斯卡雅經常圍繞在契訶夫身邊。

她也是契訶夫與畫家列維坦的共同朋友，兩人爭吵決裂後（因 1892 年契訶夫發表一篇描寫畫家不倫戀的〈跳來跳去的女人〉，被列維坦認為是影射他），在她撮合下兩人和好，1895 年 1 月，她帶著列維坦到梅利荷沃莊園拜訪契訶夫，恢復友誼關係。

行契訶夫作品集的第一卷。在《俄羅斯思想》刊登小說〈帶小狗的女士〉。

一九〇〇年

一月，刊出〈在聖誕夜〉、〈在峽谷〉；畫家列維坦到雅爾達作客；得知托爾斯泰的病情後寫：「我害怕托爾斯泰的死亡。如果他死了，那我的生活便會出現一大塊空白。第一，我比誰都愛他；我是沒有信仰的人，但我想在所有信仰中，只有他的信仰讓我感到親近。」四月十日～二十三日，莫斯科藝術劇院在塞瓦斯托堡及雅爾達巡演；觀賞《凡尼亞舅舅》、《海鷗》；契訶夫在家中持續和劇院演員、作家高爾基、布寧、庫普林等人聚會。五月，到莫斯科拜訪病危的列維坦；與高爾基、畫家瓦斯涅佐夫、作家阿列克辛一起前往高加索地區旅行。六月，克妮珀到雅爾達作客。八月～十月，開始寫戲劇《三姊妹》。十月底在莫斯科為藝術劇院的團員朗讀此劇。十一月，畫家謝羅夫為契訶夫畫肖像（未完成）。十二月

圖為卡蜜薩熱芙斯卡雅1896年演出《海鷗》的妮娜，她的表現令契訶夫印象深刻，是作家對這齣戲首演失敗的唯一安慰。契訶夫曾讚美她：「沒有人像她這麼真真實實又深刻地了解我（的戲）……她是絕佳的演員」。

十一日，出國，在法國尼斯修改《三姊妹》的劇本；至義大利的比薩、佛羅倫斯、羅馬等地旅遊。

一九〇一年

一月三十一日，《三姊妹》在莫斯科藝術劇院首演。二月初，自敖得薩返雅爾達；和布寧時常會面；《三姊妹》在雜誌《俄羅斯思想》刊出。五月十一日，前往莫斯科，醫生建議飲用馬奶酒治療。五月二十五日，與克妮珀在莫斯科省奧夫拉日克的一間教堂結婚；給母親電報：「親愛的媽媽，祝福我吧，我結婚了。一切如常。我去喝馬奶酒治療。」七月一日，偕新婚妻子回到雅爾達。九月十七日，前往莫斯科參與藝術劇院的排演《三姊妹》，修改劇本，九月二十一日演出。十一月，與生病療養中的托爾斯泰在克里米亞的加斯普拉會面。

一九〇二年

二月二十日，完成短篇小說《主教》（由《大眾

女演員卡蜜薩熱芙斯卡雅（V. F. Komissarzhevskaya, 1864-1910）於 1896 年演出契訶夫的戲而相識，很受作家欣賞，兩人長期通信維持友誼。

她後來成為舞台巨星，1904 年成立自己的劇院，契訶夫過世前曾寫信允諾要為她量身打造一齣新戲：「為妳寫戲是我長久以來的夢想……」，無奈因身體狀況而無法完成。

卡蜜薩熱芙斯卡雅四十多歲就在巡迴演出中染上天花早逝，她死前夢見契訶夫，逢人便說：「這是好預兆。」

雜誌》四月號刊出）。五月二十四日，作家科羅連科到雅爾達拜訪契訶夫，兩人說定為了抗議官方取消高爾基榮譽科學院院士資格，決定一同請辭榮譽院士頭銜。五月二十五日，與妻子抵達莫斯科。六月初，向斯坦尼斯拉夫斯基說明《櫻桃園》的構想。六月下旬，到商人莫羅佐夫（莫斯科藝術劇院的主要贊助者）領地佩爾姆省烏索利耶旅行，參觀他的工廠時建議他：這樣的工廠不應該一天持續運作十二個小時，之後，莫羅佐夫便把工時調整為八小時。七月五日～八月十日，與妻子在柳比莫夫卡別墅度夏。八月十四日，回到雅爾達。八月二十五日，去信科學院請辭榮譽學士頭銜。九月，改編自己的獨幕劇《論菸草有害》收進《新劇大全》。十月四日～十一月二十七日，在莫斯科寫短篇小說《未婚妻》。

一九〇三年

一月～四月，寫小說《未婚妻》與戲劇《櫻桃園》。

五月二十四日，前往莫斯科，醫生奧斯特羅烏莫

1904年4月，克妮珀寫信給契訶夫：「安東，生活是什麼？我一點也不懂。我想我是這麼的笨拙愚鈍、目光短淺。我很心煩鬱悶。」同月二十日，契訶夫回信：「妳問，生活是什麼？就好像在問，紅蘿蔔是什麼？紅蘿蔔就是紅蘿蔔，再也沒別的了。」

1902年，斯坦尼斯拉夫斯基邀請契訶夫帶妻子克妮珀到他的莊園別墅柳比莫夫卡（位於莫斯科東北市郊）度夏。契訶夫非常喜歡這裡，把此地的印象寫進了《櫻桃園》中。

夫診察契訶夫，不准他冬季時住在雅爾達。六月，聯絡作家維列薩耶夫：「《未婚妻》稿子我撕掉了，重新再寫。」九月十五日，完成《櫻桃園》，告知他很欣賞的莫斯科藝術劇院演員莉琳娜：「我這次寫的不是戲劇，是喜劇，甚至可以說是輕歌舞劇。」十月十四日，將《櫻桃園》手稿寄至莫斯科。十一月三日，同意讓高爾基將《櫻桃園》出版，收入《知識》集刊裡。十一月二十五日，《櫻桃園》在刪去特羅菲莫夫的兩場獨白後通過審查。

一九〇四年

一月十七日，在莫斯科藝術劇院舉辦《櫻桃園》首演暨契訶夫紀念會。二月十四日，寫信給阿維洛娃談到創作與生活：「開心些，生活別太鑽牛角尖，這樣想必會輕鬆點。我們不知道，生活是不是值得讓人痛苦思索，耗損我們俄羅斯人的頭腦——這都還是個問題。」四月初，在彼得堡展開藝術劇院巡演，《櫻桃園》佳評如潮。五月三日，前往莫斯科。身體狀況越來越糟，陸續得腸炎、

女演員克妮珀（O. L. Knipper, 1868-1959），是涅米羅維奇－丹欽科在莫斯科音樂戲劇學校的學生，畢業後馬上入選至莫斯科藝術劇院，1898 年排練《海鷗》和《沙皇費奧多爾．尤安諾維奇》時認識契訶夫；兩人幾乎一見鍾情，契訶夫在信中對友人說：「我怕就要愛上她了。」

《三姊妹》初版書封，上面有這齣戲的三位主角人像，中間是飾演瑪莎的克妮珀。

胸膜炎、高燒；《櫻桃園》登在《知識一九〇三》集刊，為契訶夫生前最後一次刊登作品。七月一日，在巴登維勒療養，妻子克妮珀回憶當時的情景：「甚至死前的幾小時他都還想出一個故事逗我開心……」七月二日，夜間一點睡夢中呼吸困難。兩點醫生來看診，克妮珀：「他要求給他香檳。安東．帕夫洛維奇不知為何大聲對醫生說德語（他對德語所知甚少）：『我要死了……』然後拿起高腳杯，靠近我的臉，令人驚訝地笑著說：『我好久沒喝香檳了……』，他安然地乾杯，靜靜側過身子，很快就永遠不再有聲息。」夜間三點，契訶夫過世。七月九日，葬在莫斯科新少女修道院墓園。

1903 年，斯坦尼斯拉夫斯基對契訶夫表達《櫻桃園》的感想：「我現在剛讀完劇本，震撼得無法清醒，我沉浸在前所未有的喜悅中，這是您寫的所有佳作中最好的一齣。真心祝福天才的作者……這不是您所說的喜劇或輕歌舞劇——這是悲劇。」

1904 年 5 月 8 日，梅耶荷德去信向契訶夫致敬：「您偉大的創作無與倫比……西方戲劇都要向您學習。」

《櫻桃園》書封，上面標明：四幕喜劇。

1898 年布拉茲（O. Braz, 1873-1936）為契訶夫作的油畫，是收藏家特列季亞科夫向他訂購的契訶夫肖像。畫完後評價兩極，契訶夫本人覺得不像：「聽說，人和領帶都畫得很糟，可是那種表情，好像是我去年聞了太多辣根的模樣。」不過也有少數人覺得很像那時候因病心力交瘁的契訶夫，包括畫家布拉茲、列維坦和作家波波雷金。

1901 年 5 月結婚前後的契訶夫，歐皮茨／攝。此時他的短篇小說創作已經成熟，戲劇也正邁向頂峰，年初的《三姊妹》首演大獲成功，想像即將和克妮珀去伏爾加河旅行……他的眼神和表情令人難忘，彷彿裡面有一股親切又溫暖的喜悅期待與人分享。